안녕하세요
표지를 넘겨주셔서
감사합니다.
재밌을 거예요.

··· 아마도 ···?

20대 사회초년생 생존기

저도 편집자는 처음이라

박정은

호밀밭

머리말

책에 묻은, 여물지 않은 손때에 대하여

퇴근 시각, 사무실을 나선다. 자전거 페달을 힘껏 밟는다. 광안대교의 장엄한 모습이 서서히 드러난다. 여름이 시작되자 광안리 바닷가를 찾는 사람이 눈에 띄게 늘었다. 드넓게 펼쳐진 백사장은 이내 사람들의 발걸음으로 채워진다. 다들 각자의 축제를 즐기고 있다. 그들 사이를 요리조리 피하며 앞으로 나아간다. 먹거리, 폭죽 등 잡화가 가득한 리어카를 지키는 상인의 모습이 눈에 들어온다. 음식점, 카페, 술집 등 온갖 가게가 즐비하게 이어져 있다. 한쪽에선 무대를 세팅하고 있고, 또 다른 한쪽에선 버스킹을 하고 있다. 몇몇 커플이 손을 꼭 잡고 행복한 시간을 보내고 있다. 아이를 데리고 온 가족도 종종 보인다. 누군가는 그림을 그리고 있고, 누군가는 춤을 추고 있다. 같은 장소이지만 누군가에겐 최고의 여행지이고, 누군가에겐 삶의 터전이다. 누군가에겐 연인 혹은 가족과 오붓한 시간을 보내는 휴식의 장소다. 또 누군가에겐, 매일 같이 오가는 출퇴근길이다.

어렸을 적부터 책 읽는 걸 좋아했다. 읽은 책이 한 권 한 권 쌓일수록 글을 쓰고 싶다는 마음이 조금씩 자라났다. 글이 한 편 한 편 쌓일수록 작가의 꿈도 무럭무럭 자라났다. 글로 먹고살고 싶다는 환상에서 좀처럼 헤어 나오지 못했다. 책을 쓰고 싶었다. 적어도 책과 관련한 일을 하고 싶었다. 그게 무엇인지 정확히 몰랐지만, 드넓은 바다 위에 펼쳐진 거대한 다리를 처음 봤을 때 받은 느낌과 가장 비슷했을 것이다.

한때 품었던 이상이 어느새 현실로 펼쳐졌다. 책과 글에 푹 빠져 지내던 상태 안 좋은 공대생은 우연한 기회로 출판사 편집자 직함을 달게 되었다. 내가 하고 싶은 일을 하며 돈을 번다는 사실에 한없이 들떴다. 한참을 구름 위에서 머물렀다. 마치 광안리 바닷가에 처음 온 관광객처럼, 하루하루가 축제였다. 폭죽을 터뜨렸다. 근무시간 내내 책을 만들었고, 퇴근 후 곧장 카페로 향해 책을 읽었다. 책으로 둘러싸인 채, 책에 한껏 취해 살았던 나날이었다.

서서히 구름 위에서 내려왔다. 광안대교를 보며 연신 감탄하던 내가, 어느덧 화려한 불빛이 켜지며 한 폭의 그림 같은 풍경을 자아내도 그만 무덤덤해진 과정과 별반 다르지 않았다. 책 만드는 일은 고상했지만, 계산기 두드리는 일은 결코 우아하지 않았다. 편집이든 디자인이든 인쇄든 유통이든 마케팅이든 모두 사람이 하는 일이었다. 필연적인 불완전함에 치이고, 관계 속에서 치이고, 숫자에 치이고, 일정에 치였다. 회사는 회사였고, 일은 일이었다. 강연에서 이따금 만나는 작가와 일로 만나는 작가는 엄연히 달랐다. 현실의 문법은 이토록 냉정하고 또 난해했다.

편집자 직함에 조금씩 익숙해지며 내 업무와 역할에 대해 어렴풋이 파악할 때쯤, 자그마한 욕구가 솟아났다. 내가 보고 듣고 느낀 걸 혼자만의 배움과 성장의 재료로 사용하는 데서 그치지 않고, 글로 옮겨보고 싶었다. 편집 일을 시작한 지 겨우 2년밖에 안 되었지만, 지금이니까 할 수 있는 이야기가 있다고 믿었다. 지역의 자그마한 출판사, 경력도 얼마 안 된 편집자였지만, 치열하게 고민하며 내가 서 있는 이 공간을 지키고 있음을, 갈수록 악화되는 출판 경기에도 이렇게 발버둥 치며 치열하게 살아내고 있음을 외치고 싶었다. 더 나아가 보다 많은 사람이 책에 스며든 땀방울을 알아줬으면 하는 마음이었다. 글을 쓰기로, 다짐했다.

책 만드는 일에 마냥 설레는 모습이든, 다 먹고 살자고 하는 일이라며 심드렁한 모습이든, 어느 한쪽에 치우치지 않으려 했다. 출판은 문화산업이었다. 문화적인 측면만 보는 것도, 산업적인 측면만 보는 것도 모두 위험한 건 매한가지였다. 책이 가지는 의미를 적당히 생각하고 수익성도 적당히 고려해서 적당한 책을 만들면 가장 좋겠지만, 그 '적당히'가 가장 어려웠다. 균형을 갖추려 했지만, 양극단을 오가는 정신없는 나날의 연속이었다. 나는 관광객인가, 상인인가, 가게 주인인가, 동네 주민인가, 행사 업체인가, 마이크를 들고 노래하는 뮤지션인가, 출퇴근하는 직장인인가. 내 일을 객관적으로 바라보며 글로 옮기겠다는 처음의 다짐은 보기 좋게 무너졌다. 모든 게 헷갈렸고, 또 혼란스러웠다. 그렇게 헷갈림 혹은 혼란의 기록이 한 편씩 쌓이기 시작했다.

　　회사 일을 매개로 수많은 사람을 만났다. 편집자로 일하다 보면 작가를 비롯해 다양한 분야의 사람들, 특히 문화예술인과 만날 일이 많았다. 어떤 회사든 관련 분야 사람과 만나는 건 직장생활의 일부였다. 책 만드는 일이라 해서 크게 다르거나 특별한 건 없었다. 회사 이야기를 하다 보니 자연스레 회사 업무로 만나는 이들의 모습이 눈에 들어왔다. 그 모습을 고스란히 글에 담으려 했다. 한편, 나는 출판사라는 회사에 다니는 평범한 직장인이기도 했다. 주위 사람이 느끼는 어려움과 고민을 들여다보았다. 비슷한 시기를 함께 지나는 사회 초년생들의 그 혼란스러움과 방황, 애환에 주목하고자 했다. 먹고 사는 문제에 치이다 보면 자연스레 흩어지고 말았을 말과 글을 한 땀 한 땀 정성스레 모았다. 그렇게 모인 원고들이 한 권의 책으로 묶였다.

『저도 편집자는 처음이라』는 새내기 편집자의 험난한 여정을 도와준 이들과 함께 쓴 책이다. 가장 큰 도움을 준 사람은 단연 회사 사장님이자 멘토이기도 한 호밀밭 출판사 장현정 대표님이다. 고독하고 험난한 길을 함께 걸어가는 동료로서 열심히 버텨보겠다고, 짙은 안개가 내린 메마른 산정을 마지막까지 지키는 파수꾼으로 살아가겠다고, 감히 다짐하고 싶다. 늘 걱정과 응원 사이 어디쯤의 시선으로 묵묵히 아들을 바라봐준 부모님께 이 책을 바친다. 이제 조금은, 떳떳한 아들이 될 수 있을 것만 같다. 책에 등장한 이들부터 지금의 나를 있게 한 모든 분께 감사의 인사를 전한다.

2019년 여름. 광안리 〈생각하는 바다〉에서,
인생의 가장 뜨거운 여름을 보내며, 박정오 씀.

머리말

chapter1 -
첫 직장이 하필 출판사네요

인터뷰하러 왔다가

"혹시 긍정적인 신호일까. 진짜 열심히 일할 자신 있나?
그토록 듣고 싶었던 말이 기어코 대표님 입에서 나왔다. 할렐루야!"

책상 한쪽에 명함이 잔뜩 쌓여있다. 어느 출판사의 대표 혹은 편집장, 어느 신문사의 문화부 기자, 어느 서점의 매니저, 함께 작업했던 작가 등 제각기 모양도 크기도 디자인도 모두 다른 명함이었다. 손에 한 움큼 잡힌 명함을 한 장씩 보다 보면 내가 어떤 일을 하는지 어렴풋이 드러났다. 우연히 섞인 걸까, 그중 내 명함도 몇 장 있다. 한 장 꺼내 본다. 내 이름 석 자가 또렷이 박혀 있다. 그 밑에 있는 '편집자'라는 단어에 눈길이 갔다. 내 직함이자, 사회인으로서의 박정오를 규정하는 단어였다.

처음 이 명함을 받았을 때가 문득 떠올랐다. 출판사에서 일을 하게 되었다는 사실에 한껏 들떴지만, '편집자'라는 직책은 유난히도 낯설게 다가왔다. 책 읽고 글 쓰는 일에 관심이 많았지만, 책 만드는 일에 관해선 아는 게 전혀 없었다. 편집자를 치열하게 준비한 기억도, 꿈꾼 적도 없었다. 내 삶 앞에 툭 던져진 편집자라는 직함, 내 앞에 펼쳐진 첫 사회생활. 그 시작은 결코 거창하지도, 우아하지도 않았다.

대학 졸업 후 문화기획 일에 뛰어들었다. 내가 하고 싶은 일을 하면 행복할 거란 강한 믿음으로 내린 결정이었다. 대학이란 울타리를 벗어나자 현실은 생각했던 것보다 훨씬 냉혹했다. 결국 얼마 못 가 지쳤다. 비참한 심정으로 취업 자리를 알아보기 시작했다. 도망친 곳에 낙원은 없다고 누가 그랬던가. 현실의 벽에 막혀 다른 현실로 도망쳤지만 만만치 않은 건 매한가지였다. 그나마 면접에서 자신감 넘치는 모습을 보여준 두어 군데 회사에 합격했다. 다만 그동안 해오던 일과 거리가 있어 영 내키지 않았다. 통장 잔고가 떨어졌다는 이유로 쫓기듯 직장을 선택하고 싶진 않았다. 한참을 고민하다 결국 합격한 두 회사에 불참 통보를 했다. 내가 정말 가고 싶은 회사에 도전해보기로 했다. 그때쯤 월세가 밀리기 시작했으니, 내게 주어진 시간은 얼마 없었다.

문화기획 일을 하며 어느 출판사 대표님을 몇 번 뵌 적이 있었다. 부산에도 출판사가 있다는 걸 그때 처음 알았다. 정오 너, 저기서 일하면 딱 좋겠네. 오, 저기 취업할까요? 당시 함께 일했던 지인들과 농담 삼아 얘기를 주고받곤 했다. 그때 들었던 말이 정말 현실로 다가올 줄이야. 아니, 정확히 말하면 현실로 만들기 위해 본격적으로 노력해야 하는 시점이 온 셈이다. 대표님과 따로 얘기를 나눠본 적이 없어 조심스러웠다. 대놓고 '저 좀 뽑아주십시오'라고 얘기할 순 없는 노릇이었다. 전략을 세우기로 했다. 지난 몇 년간 쉬지 않고 인터뷰를 해왔으니, 이것을 빌미로 접근하면 자연스러울 거 같았다. 이후 인터뷰를 열심히 정리해 누가 봐도 멋지고 대단한 수준의 콘텐츠로 만들어 나를 적극 어필하면 취업 가능성이 눈곱만큼이라도 생기지 않을까 싶었다.

대표님께 페이스북 메시지를 보냈다. 다행히도 나를 기억했다. 첫 번째 관문을 통과했다. 일정을 잡았다. 이로써 두 번째 관문도 어렵지 않게 통과했다. 단순한 인터뷰 준비치고 이것저것 많이 준비했다. 내가 제작한 독립출판물 두 권과 나의 허접한 경력이 장황하게 설명되어 있는 PPT 파일이었다. 비장의 카드이자 마지막 동아줄이기도 했다.

잔뜩 긴장한 채 대표님을 만났다. 다행히도 대표님은 나를 알아보았다. 세 번째 관문일까? 내가 제작한 독립출판물에 관심을 보였다. 이때다 싶어 노트북을 꺼내 나의 포트폴리오를 보여드렸다. 영락없는 제품 판매원의 모습이었다. 진행하기로 한 인터뷰는 뒷전으로 미루며 적극적으로 나를 어필했다. 대표님은 재미있다는 듯 얘기를 듣더니, 이내 입을 열었다.

- 프로젝트 하나를 진행하고 있는데 마침 사람이 필요했어요. 이 분야에 경험이 있으니, 같이 하면 어떨까 싶네요. 그리고 얼마 전 뉴욕에 출판 연수를 다녀왔어요. 각 분야 사람들과 네트워크를 만들 계획이에요. 정오 씨도 프로젝트 진행하면서 여기 참여하면 어때요?

대표님은 다음번에 자세한 얘기를 나누자며 만남을 마무리하려 했다. 당장 다음 일정을 물었다. 대표님은 휴대폰을 보며 일정을 체크하더니, 이내 대답했다. 마침 독서모임을 하고 있는데, 그전에 만나 잠시 얘기를 나누면 좋겠다고 했다. 시간 괜찮으면 독서모임에 참석하면 더 좋을 거 같다고 덧붙였다. 당장 좋다고 대답했다. 기존에 잡힌 일정이라도 취소할 기세였다. 사무실을 나와 지하철역으로 향하는 내내 들떠있었다. 당장 취업이 결정된 건 아니었지만, 자그마한 여지가 생긴 셈이었다. 어두컴컴했던 현실에 한 줄기 희망의 빛이 희미하게 비쳤다. 집으로 가는 길, 통장 잔고가 바닥을 치고 있었음에도 치킨 한 마리와 생맥주 하나를 포장해서 가져갔다. 홀로 게걸스럽게 치킨을 뜯어댔다. 예감이 나쁘지 않았다. 김칫국이라 할지라도 스스로 축하하고 싶었다.

- 자연에 매료된 채 오로지 글과 사진에 자신의 삶을 바친 저자의 모습이 무척 인상적이었습니다. 예술에 대한 숭고한 정신이 고스란히 느껴졌어요. 저는 최근 취업 문제로 '예술로 돈을 벌 수 있을까' 고민하고 있었는데, 스스로 부끄러워질 정도네요. 그리고 저자의 죽음마저도, 안타깝긴 하지만 자연의 법칙에 충실했다고 생각합니다. 이 사람이 어떤 존재인지, 불곰에겐 전혀 중요치 않았으니까요.

- 자연에 깊숙이 들어가 삶을 살아냈다는 점에서 데이비드 소로우의 『월든』이랑 연결되는 지점도 있습니다. 물론 이 책의 저자는 소로우처럼 문명을 의도적으로 피하며 맞서 싸우진 않았지만 말이죠.

독서모임에 참여해 온갖 말을 떠들어댔다. 딱 봐도 얘

가 책을 많이 읽었구나, 아는 게 많구나 생각이 들게끔 열심히 나를 포장했다. 또한 다른 참여자 말에 귀 기울여주고 맞장구 치는 데도 소홀하지 않으며 나의 사회성을 적극적으로 어필했다. 저는 처음 만난 사람과도 이렇게 잘 지낸답니다, 하핫. 보고 계시죠? 이번 독서모임에서 어떤 모습으로 비치냐에 따라 프로젝트 진행 여부, 더 나아가 취업 여부가 결정될 거라 확신했다. 물론 혼자만의 상상에 가까웠지만 간신히 잡은 지푸라기를 꽉 움켜쥘 수밖에 없는 입장이었다. 겉으로는 독서모임에 열정적으로 참여하면서 실은 대표님께 나의 존재를 적극 어필하고 있었다. 그러니까 대표님, 저 좀 뽑아달라니까요! 이 말이 목 끝까지 차올랐다.

모임을 마치고 뒤풀이가 이어졌다. 독서모임 참가자가 함께 있는 1차 술자리에선 내 바람과 달리 취업에 관한 얘기가 나오지 않았다. 지금까지 분위기로 보아 프로젝트를 맡아 진행하는 건 별문제 없었다. 다만 내가 진정으로 원하는 것과는 거리가 멀었다. 나는 취업을 하고 싶었다. 이번 기회는 내가 마지막으로 잡은 지푸라기였다. 이런 내 마음을 모르는지, 대표님은 여전히 다른 참가자들과 시시콜콜한 얘기를 나누고 있었다. 이토록 애절하게 밀당을 할 줄이야. 이제 좀 당겨주시지 말입니다, 대표님!

- 정오 씨, 한잔 더 할래요?

　사람들을 먼저 보내고 둘이 남았다. 대표님은 이대로 들어가긴 아쉽다는 표정으로 내게 물었다. 기회다 싶어 당장 좋다고 대답했다. 근처에 있는 한 호프집에 들렀다. 이런저런 이야기를 하다가 취업이라는 단어가 처음으로 나왔다. 이 순간을 얼마나 기다렸는가! 그 단어를 온 힘을 다해 움켜쥐었다. 회사에 들어가 내가 얼마나 열심히 일할 수 있는지 열정적으로 설명했다. 대표님은 재미있다는 듯 살짝 웃었다. 말을 놓아도 되겠냐고 물어보기에 곧장 괜찮다고 대답했다. 혹시 긍정적인 신호일까. 진짜 열심히 일할 자신 있나? 그토록 듣고 싶었던 말이 기어코 대표님 입에서 나왔다. 할렐루야!

- 정오야, 우리 멋진 출판사 한번 만들어 보자!

　그럼요, 뼈를 묻겠습니다. 나는 격렬하게 뛰는 가슴을 좀처럼 주체하지 못한 채 싱글벙글 웃어댔다. 맥주를 벌컥벌컥 마셨다. 아주 꿀맛이었다. 이모, 여기 맥주 하나 더 주세요! 대학생활을 책과 글로만 채웠던 상태 안 좋던 공대생이 마침내 꿈을 이루는 걸까. '편집자'가 어떤 존재인지, 무슨 일을 하는지 전혀 몰랐다. 내가 회사에서 어떤 역할을 맡게 될지 감조차 잡히지 않았다. 그럼에도 머릿속은 미래에 대한 기대와 설렘만이 가득했다. 대표님 말씀대로, 정말 멋진 출판사를 만들어보고 싶었다.

간만에 노트북을 정리하다 한 PPT 파일에 시선이 머물렀다. 당시 대표님 앞에서 발표했던 포트폴리오 파일이었다. 자취방 책장 한쪽에는 당시 보여드렸던 독립출간물 두 권과 독서모임 때 다뤘던 책 한 권이 꽂혀있었다. 당시의 일은 이제 재미난 추억이 되었다. 책 읽고 글 쓰는 게 일이 되어버리니 예전만큼 마냥 재밌진 않다. 회사 일이 점점 많아지고, 출근길이 조금은 무겁게 느껴진다. 그래도 멋진 출판사를 만들어보겠다는 당시의 다짐은 조금도 변함이 없다. 지금도 한 번씩 대표님과 술 한잔하며 당시를 추억한다.

- 정오야, 오늘 마치고 약속 있어? 맥주 한잔할까?

퇴근 직전, 대표님의 말씀에 잠깐 고민을 했다. 예전에는 대표님과 술 한잔하기 위해 그토록 애잔하게 매달렸는데, 대표님과의 술자리는 이제 일상이 되었다. 최근에는 너무

자주 마셨다. 아무리 하고 싶은 일을 한다지만 어쨌든 나는 직
장인이었다. 퇴근 후엔 쉬고 싶었다. 나만의 시간이 필요했다.

- 아... 친구랑 약속이 있어서...

사실 약속은 없었다. 얼른 집 가서 발 닦고 푹 쉬어야지.

저는 문화기획자 출신입니다

**"편집자는 어쨌든 책을 기획하는 게 핵심 역할이야.
문화기획 일과 완전히 다르다 할 수 없지만, 초점은 책에 맞춰야 해."**

이제 막 수습 기간을 마무리하고 정식 계약을 앞두고 있던 연초, 회사 식구들과 워크숍을 다녀왔다. 지난 한 해를 돌이켜보고 앞으로의 1년을 계획하는 자리였다. 입사한 지 얼마 안 된 탓에 개인적으로 돌아볼 만한 일은 딱히 없었다. 반면 도전하고 싶은 일은 무척 많았다. 출판사에 들어오기 직전까지 문화기획 일을 해왔다. 청년들끼리 모여 재미난 행사 및 프로그램을 운영했다. 모임을 넘어 커뮤니티를 만들고자 했다. 비록 현실의 벽에 걸려 넘어지고 말았지만, 당시의 열정과 의욕은 가슴 한쪽에서 여전히 살아 숨 쉬고 있었다.

문화기획단체에 들어온 것도 아니고 내 직함도 문화기획자가 아닌 '편집자'였다. 다만, 그동안 해왔던 문화기획 일을 소박하게라도 다시 벌이고 싶었다. 출판사는 영리를 추구하는 회사이긴 했지만 문화예술 분야이기도 했다. 각종 행사 및 프로그램을 운영하며 재미난 걸 기획하는 일과 결이 영 다르진 않았다. 내가 하고 싶은 일을 회사와 연계해보면 어떨까, 열심히 머리를 굴렸다.

　- 총 3단계로 구상했습니다. 1단계는 SNS 서포터즈, 글쓰기 모임, 독서모임, 서평단 등을 만들어 지역 독자와의 접점을 만드는 겁니다. 2단계는 이들과 네트워크를 형성하며 가벼운 프로젝트를 진행하는 겁니다.

　경남 통영의 한 카페. 회사 워크숍이 진행되고 있었다. 나는 발표를 하다 말고 대표님 눈치를 살짝 보았다. 편집 일은 전혀 해보지 않은 데다 아직 정식 계약도 하지 않은 새파란 새내기 편집자가 이토록 당차게 말해도 되는 걸까.

　- 마지막 3단계는 이들을 중심으로 공모사업과 같은 큰 단위의 프로젝트를 진행하는 겁니다. '문화기획부'라는 부서를 새롭게 만들어, 출판과 함께 회사의 커다란 축으로 가져가면 어떨까 싶습니다.

　발표를 마쳤다. 대표님은 재미있다는 듯 살짝 웃었다.

몇 가지 피드백을 주며 '그래, 어디 한번 해 봐라'라고 덧붙였다. 허락이었다. 내가 하고 싶은 일을 회사에서 진행할 수 있게 되다니!

　　　　●

'문화기획'이란 폴더를 새롭게 만들었다. 회사에 들어온 후 처음 만들었던 '편집'이라는 폴더와 사뭇 대조되었다. 아무래도 교정·교열을 보거나 보도자료를 작성하는 일보단 문화기획 일이 훨씬 관심이 갔다. 워크숍 때 발표한 기획들을 하나둘 실행에 옮겼다. 우선 SNS 서포터즈를 모집했다. 우리 출판사 책을 읽고 서평을 쓰는 온라인 활동이었다. 이어서 독서모임을 만들었다. 거기다 서포터즈 발대식을 마치고 바로 다음 날 글쓰기 모임 홍보를 시작했다. 대부분 일과시간 외에 하는 활동이었고 별다른 보상도 없었다. 하지만 내가 하고 싶었던 일이었기에 누가 시키지 않아도 열정적으로 했다. 어쩌면, 회사 업무보다 더 열심히.

　　한가했던 주말이 온갖 모임으로 채워졌다. 이번 주는 글쓰기 모임, 다음 주는 독서모임, 또 그다음 주는 오전에 독서모임을 했다가 오후에 서포터즈 중간 점검 모임. 대충 이런 식이었다. 처음 한두 달은 멋도 모르고 열정적으로 했다. 새롭게 무언가를 시작하고 처음 보는 사람들과 관계를 맺는 일은

무척 재미있었다. 회사에도 도움이 된다고 확신했다. 저자와
의 만남 외에 별다른 행사나 모임이 없다가 갑자기 많은 활동
이 생겼다. 눈에 띄게 활기가 생겼다. 나 역시 문화기획 일을
하다가 회사에 들어와, 이제까지 해오던 일을 계속할 수 있었
다. 그야말로, 누이 좋고 매부 좋은 일 아닌가.

> ─ 문화기획 일은 네가 해오던 거라 익숙하게 느껴질
> 거야. 반면 편집 일은 해본 적이 없으니 어렵고 힘들
> 겠지. 하지만 너는 편집자고, 편집 업무에 익숙해져야
> 해. 지금 당장 편하다고 익숙한 일만 해선 안 돼. 무엇
> 보다 회사 업무가 점점 많아질 텐데, 자칫하다간 편집
> 업무를 제대로 시작하기도 전에 금방 지칠 수도 있어.

대표님 말씀에도 아랑곳하지 않았다. 어차피 좋아서
하는 일이었다. 비용이 많이 드는 것도 아니니 회사 차원에서
는 손해 볼 건 없다고 확신했다. 회사 업무에 지장을 주지 않기
위해 근무 시간에는 문화기획 일을 최소한으로 줄였다. 그렇
게 평일이고 주말이고 쉬지 않고 일했다. 즐거웠다. 워크숍을
다녀온 직후 뜨겁게 불타오른 열정은 좀처럼 식을 줄 몰랐다.

시간이 지나며 점점 바빠지기 시작했다. 회사 일이 능숙해지며 자연스레 내가 맡는 일이 하나둘 늘어났다. '해야 하는 일'과 '하면 좋은 일'이 명확히 구분되었다. 전자가 우선이었다. 내가 벌여놓은 문화기획 일은 후자 쪽에 가까웠다. 결국 나의 열정이나 의지와는 상관없이 각종 모임에 소홀해지기 시작했다. 관리가 소홀해지니 사람들의 활동이 점차 뜸해졌다. 그래서 다시 의욕을 잃고 더 소홀해지는 악순환에 빠지고 말았다. 주말에 푹 쉬지 못하니 체력적으로 버거워졌다. 대표님의 예상이 그대로 들어맞았다.

이런 모습이 보기 안쓰러웠을까. 대표님은 상반기를 끝으로 모든 활동을 일단락하는 게 어떨지 내게 제안했다. 야심차게 준비했고, 이전에 해봤던 일이라며 잘할 수 있다고 큰소리쳤던 일이었다. 열정을 가지고 시작한 일이었고 그래서 꼭 성과를 내고 싶었다. 이대로 마무리하긴 너무 아쉬웠다. 아니요, 더 열심히 할 수 있습니다! 대표님께 당당히 말하고 싶었다. 하지만 그 말은 입안에서만 맴돌았다. 현재 맡고 있는 업무도 충분히 많았다. 다른 데 신경 쓸 여유가 없었다. 이미 지칠 대로 지쳐 있었다. 여기서 멈추지 않으면 더 추한 모습을 보일 것만 같았다.

그렇게 SNS 서포터즈, 독서모임, 글쓰기 모임이 상반기와 함께 모두 마무리되었다. 지난 워크숍, 1단계부터 시작해 2단계, 3단계를 거치며 문화기획 부서를 만들어보겠다며 큰소리쳤던 나의 치기 어린 도전이 이렇게 끝날 줄이야. 넘쳤던 패기와 열정은 의외로 빨리 소진되었다. 회사는 다시금 잠잠해졌다. 지난 몇 개월간 온갖 행사나 모임이 진행되곤 했는데, 다시금 예전 모습으로 돌아간 셈이다. 그 조용함이 내겐 애달프게 다가왔다. 실패의 흔적 혹은 패자의 상처라고 해야 할까.

당시 운영했던 모임이 계기가 되어 우리 회사와 끈끈한 인연을 맺은 사람이 몇몇 있었다. 이들과 업무적으로 새롭게 연결되는 경우도 있었다. 비록 활동은 끝났지만, 회사 행사 때 이따금 이들과 만나기도 했다. 늘 우리를 응원하고 격려해주는 든든한 우군으로 남은 셈이다. 다만 내가 애초에 기대했던 것과는 사뭇 다른 결과였다. 뭔가 아쉬웠다. 허무함과 공허함이 나를 사로잡았다. 그래도 나름, 문화기획자 출신이었는데.

하반기가 되자 눈에 띄게 바빠졌다. 업무량은 나의 예상을 뛰어넘었다. 회사에 출근해 회의하고, 미팅하고, 전화 몇 번 받고, 잡무를 처리하다 보면 하루가 금세 끝났다. 할 일은 늘 산더미처럼 쌓여있었다. 어째 시간이 지날수록 그 산더미

가 점점 불어나는 기분이었다. 자연스레 주말이면 쉬기 급급
해졌다. 불과 몇 달 전인데, 어떻게 그 많은 모임을 진행하고
관리했는지 그저 신기하게 느껴졌다.

정신없이 일하다 '문화기획'이라는 폴더에 시선이 머
물렀다. 한동안 찾지 않은 폴더였기에 조금은 어색하게 다가
왔다. 더블클릭을 했다. 홍보 포스터, 공지 글, 참가자 명단 등
온갖 자료들이 그대로 있었다. 워크숍에서 돌아온 후 야심차
게 만들었던 폴더였는데, 각종 모임을 만들고 운영하는 동안
쉴 새 없이 바빴던 폴더였는데, 이렇게 방치될 줄이야. 반면 지
겹고 재미없게만 느껴졌던 '편집'이란 폴더는 하루에도 수십,
수백 번 들락날락하고 있었다. 책을 기획하고, 보도자료를 쓰
고, 교정·교열을 보고, 마케팅하기도 충분히 바빴다. 어찌 보
면 당연하고 자연스러운 일이었다. 어쨌든 나는 편집자였고,
편집자의 주 업무는 편집이었다.

어느샌가 꼭 해야 하는 일 속에 둘러싸여 있었다. 하
나의 일을 쳐내면 두 개의 일이 왔다. 이 틈에서 내가 하고 싶
은 일이 들어설 자리는 없었다. 다만 출간 기획안를 쓰고, 원고
교정·교열을 보고, 신간 보도자료를 작성하는 일에 점점 능숙
해지고 있었다. 예전에는 몇 시간씩 끙끙 앓으며 작성한 초안
이 대표님께 넘어가기만 하면 만신창이가 되어서 돌아오곤 했

었다. 최근에는 자그마한 상처 정도로 끝나는 일도 제법 있었다. 책을 둘러싼 커뮤니티를 만들고 싶다는 마음보다 좋은 책을 만들고 싶은 마음이 더 커졌다. 승부를 보고 싶은 곳도, 인정받고 싶은 분야도 이제 문화기획이 아닌 책이 되었다. 문화기획에서 성과를 내지 못했다는 아쉬움은 금세 사라졌다. 그 빈자리는 좋은 책을 만들고 싶다는 욕망이 조금씩 자리 잡기 시작했다. 내가 앞으로 나아가야 할 길이 뚜렷이 보였다. 이 역시 나만의 과정이었을까.

그렇게 문화기획자 출신이었던 나는, 조금씩 편집자가 되어가고 있었다.

우리 회사는 마케터 좀 안 뽑나

"이 시대가 원하는 책이 무엇인지, 사람들은 어떤 책에 반응하는지,

새로운 저자를 어떤 방식으로 발굴할 건지 치열하게 고민하고,

또 고민하는 게 편집자의 역할이야. SNS 관리는 주 업무가 될 수 없어."

회사에 들어와 처음 인수인계받은 일은 SNS 관리였다. 이전에 여러 가지 활동을 하면서 SNS 관리를 한 적이 있었고, 책 관련 콘텐츠를 제작하는 건 예전부터 하고 싶었던 일이기도 했다. 대표님께 회사 페이스북 관리자 권한을 받았다. 곧장 블로그, 인스타그램과 함께 본격적인 SNS 활동을 시작했다. 회사에서 나온 책을 소개하는 콘텐츠, 좋은 글귀를 소개하는 콘텐츠, 책 추천, 편집자 서평 등 다양한 콘텐츠를 만들었다.

내가 관리를 맡은 이후 SNS가 활성화되었다. 페이스북과 블로그, 인스타그램이 재정비되었다. 팔로우 숫자가 늘어났다. 사람들의 반응도 하나둘 생기기 시작했다. 나 역시 덩달아 신이 났다. 들어온 지 한 달도 되지 않아 이뤄낸 성과에

스스로 만족했다. 사람들이 '좋아요'를 누를 때마다 짜릿한 기분이 들었다. 내가 만든 콘텐츠에 관심 가져 준다는 생각을 넘어, 당장 인터넷 서점에 접속해 우리 출판사 책을 주문할 것만 같았다. 더 나아가, 내가 만든 콘텐츠가 SNS상에서 폭발적인 반응을 끌어낸다거나 네이버 메인에 노출된다거나 하는 허상에 사로잡히기도 했다.

중독이라도 된 마냥 SNS 관리에 많은 시간과 에너지를 쏟아부었다. 회사에 출근하자마자 SNS부터 확인했다. 일을 하다 말고 수십 번씩 SNS 소식을 확인했다. 좋아요 좀 안 눌러주나, 댓글 좀 안 달아주나. 하루에 하나로는 부족하다는 생각이 들었다. 오전에 하나, 오후에 하나, 하루에 두 개씩 올리기로 했다. 분명 이전과 비교했을 땐 SNS가 눈에 띄게 활성화되었다. 다만 도저히 성에 차지 않았다. 욕심이 났다. 오히려 다른 출판사 SNS에 올라오는 양질의 콘텐츠가 수천, 수만 개의 좋아요를 받거나 댓글이 달리는 등 폭발적인 반응을 얻는 모습을 볼 때면 괜히 뒤처지는 기분이 들었다.

이대로 있을 수 없었다. 하루에 세 개를 올려야 할까. 아니, 그건 너무 많았다. 하나를 올리더라도 양질의 콘텐츠를 올려야 한다. 그런데, 꼭 우리 출판사 책과 관련되어야만 할까? 사람들이 좀 더 반응할 만한 콘텐츠를 만들고 싶었다. 우리 출판사와 눈곱만큼도 연관이 없는, 내가 좋아하는 강연 내용 중 일부를 활용해 콘텐츠를 만들었다. 떨리는 마음으로 게시 버튼을 눌렀다. 그래, 이런 콘텐츠라면 '좋아요'도 많이 받고 댓글도 많이 달릴 거야. 그럼 팔로우도 늘어나겠지. 그렇게 우리 출판사가 점점 유명해지고, 책도 잘 팔리고, 덩달아 나도 유명해질 거라 믿었다. 하지만 이런 나의 설렘은 몇 분도 채 가지 못했다. 대표님께 전화가 왔다.

-요즘 지인들이 SNS 관리를 누가 하느냐 묻더라고. 나보다 훨씬 젊은 감각으로 회사도 알리고 책도 홍보하고 있으니 분명 도움 되는 일이긴 해. 하지만 SNS 관리가 편집자의 주 업무가 될 순 없어.

내가 올린 콘텐츠는 우리 회사에서 나온 책과 전혀 관련이 없었다. 무엇보다 회사 이미지와도 전혀 맞지 않았다. 콘텐츠를 곧장 내릴 수밖에 없었다. '좋아요'를 많이 받고 싶다는 생각, 팔로우 숫자를 늘리고 싶다는 생각으로 가득했던 나는 그제야 잠깐 멈춰 스스로를 돌아보았다. 분명 열심히는 했다. 퇴근 후에도 계속 SNS 관리에 신경 썼다. 다만 그 방향이 조금 어긋나 있었다. 나는 책을 기획하러 왔지, SNS 관리를 하

러 입사한 게 아니었다. SNS 홍보가 실제 판매량에 커다란 영
향을 끼친다고 하더라도, 편집자의 주 업무는 결코 아니었다.

  -SNS 관리를 열심히 해서 회사 계정을 좋아요 몇천,
  몇만 규모의 페이지로 만들면 좋긴 하지. 들어오자마
  자 그런 성과를 내는 게 쉬운 일도 아니고. 하지만 그
  보다 더 중요한 걸 놓치면 안 돼. 이 시대가 원하는 책
  이 무엇인지, 사람들은 어떤 책에 반응하는지, 새로운
  저자를 어떤 방식으로 발굴할 건지 치열하게 고민하
  고, 또 고민하는 게 편집자의 역할이야.

  자그마한 성과에 혼자 들떠서 잠시 잊고 있었던 걸까.
나는 편집자였다. 이 직업에 대해 충분히 파악한 상태에서 입
사한 건 아니었지만, 한동안 어깨너머로 지켜보며 편집자가
어떤 역할을 하는지 정도는 어렴풋이 짐작할 수 있었다. 그럼
에도 내가 그동안 해왔던 일이 아니라는 이유만으로, 내가 잘
하고 성과를 낼 수 있는 일이 아니라는 이유만으로 회피했던
건 아니었을까. 이후 SNS 관리에 투자하는 시간과 에너지를
확 줄였다. 품을 최대한 적게 들이며 지속적으로 콘텐츠를 게
시할 방법을 생각했다. 대신 대부분 시간을 편집 업무에 투자

하기로 다짐했다.

　　회사 업무가 많아질수록, 회사 SNS는 그와 반대로 조용해지기 시작했다. 책을 기획하고, 교정을 보고, 저자와 미팅을 진행하고, 공모사업 기획서를 쓰고, 행사를 준비했다. 나의 주 업무에 별다른 영향을 주지 않는 선에서 적당히 관리하다 보니, 너무 바쁘다 싶으면 며칠 손에서 완전히 놓을 때도 있었다. 어느 날 회사 SNS를 보니 내가 입사하기 전처럼 다시금 조용해져 있었다. 다만 예전처럼 한가하게 SNS 관리를 하고 있을 시간은 없었다.

**　　-요즘 많이 바쁘지? 요 며칠 회사 SNS가 너무 조용하더라고. 내가 한 번씩 올릴 테니 신경 안 써도 돼.**

　　퇴근 시간이 가까워질 무렵, 대표님이 오랜만에 SNS 관리에 대해 언급했다. 그러곤 먼저 퇴근했다. 무슨 의도일까, 아무리 창의적으로 해석하려 해도 답은 하나였다. 신경 좀 쓰라는 말 아니겠는가. 나는 하던 일을 잠시 미루고 급하게 콘텐츠 하나를 만들어 페이스북에 게시했다. 페이스북에 게시했다. 오늘까지 해야 할 일을 뒤늦게 마무리했다. 시계를 보니 퇴근 시간은 훌쩍 지나있었다. 내가 SNS나 관리하려고 여기 들

어왔는가. 누가 SNS 관리 좀 대신 해줬으면 싶었다. 우리 회사
는 마케터 좀 안 뽑나, 편집 일도 충분히 바쁜데.

조금도, 멋있지 않다

"자신은 거들떠보지도 않는 책을 잘 팔린다는 이유로 기획하는 게 편집자란 말인가. 정녕 그게 훌륭한 편집자란 말인가. 그런 책을 기획해서 많이 팔면 성공한 편집자가 되는 걸까."

휴가를 하루 쓰기로 했다. 금요일이 딱 좋았다. 주말까지 2박 3일 동안 서울 여행을 결심했다. 늘 책에 둘러싸여 일하고 있기에 휴가 땐 색다른 무언가를 즐기고 싶었다. 막상 어디에 갈까 고민하며 여기저기 살펴보니, 눈에 들어오는 건 서울에 있는 유명한 책방과 서점들이었다. 편집자가 되기 전에도 책을 무척 좋아했고 다른 지역에 갈 일이 생기면 유명한 책방 혹은 서점에 들렀었다. 그런데 편집자 직함을 달고 가려니 업무의 연장 선상처럼 느껴졌다. 에이, 출간 리스트를 가져가서 우리 출판사 책 좀 입고해달라고 부탁할 것도 아닌데, 그냥 가면 어떨까 싶었다. 다녀온 다음 서울의 출판문화를 조사하고 왔다며 대표님께 자랑하면 칭찬받지 않을까. 거 참 좋은 아이디어일세, 허허.

서울에 도착하자마자 부지런히 움직였다. 우선 자그마한 책방 위주로 둘러보았다. 개성 있는 인테리어는 물론, 점원이 책을 읽고 느낀 점을 직접 포스트잇에 붙여 아날로그 감성을 살려 마케팅하고 있었다. 특정 분야의 책만 다루며 독특한 취향에 맞춤한 책방도 몇 군데 있었다. 요즘 출판계가 어렵다는 건 지난 몇 달간 일하며 충분히 느끼고 있었다. 수많은 책방이 새롭게 생겨나고 있지만, 딱 그만큼 사라지고 있었다. 그럼에도 치열한 경쟁을 뚫고 서울 한복판에 당당히 자리 잡고 있는 이들의 모습이 대단하게 느껴졌다.

이후엔 수도권의 장점을 충분히 살리며 대자본의 힘이 잔뜩 묻어난 대형 서점들을 방문했다. 건물 크기는 물론 내부도 으리으리했다. 도저히 손에 닿을 수 없는 곳까지 책이 빽빽이 꽂혀 있었다. 책으로 가득한 건물이었다. 그중 가장 눈에 띄는 부스는 단연 '베스트셀러' 코너였다. 피라미드 구조로 책들이 전시되어 있었다. 꼭대기에 올라가기 위해선 다른 무언가를 밟고 올라서야 한다는 걸 의미할까, 의미심장했다. 꽤나 익숙한 책 표지와 제목, 저자들이 눈에 들어왔다. 지난 2015년 신간 발행 종수가 약 5만 종이고, 2016년은 약 6만 종이라 한다. 이토록 많은 책과 경쟁에서 이겨 '베스트셀러'라는 타이틀을 걸게 되었다는 사실이 인상적으로 다가왔다. 특히 출판사에 들어온 이후론 더욱 더 말이다.

책을 좋아하긴 했지만 주로 인문학 서적 위주로 읽었다. 무게감이 있으면서 사회적 메시지를 던지는 책, 혹은 삶의 변화를 끌어낼 수 있는 책들이었다. 그중에서도 고대 그리스, 로마를 다룬 역사책 혹은 철학 서적에 관심이 많았다. 전혀 대중적이지 않은 취향이었다. 하지만 편집자 직함을 단 이상 개인의 취향은 철저히 버려야 했다. '나'가 아닌 '대중'이 어떤 책에 관심을 가지고 열광하는지 치열하게 탐구하고 분석해야 했다. 편집자 직함을 단 지 얼마 안 된 시점에서 이 간극은 크게 다가왔다.

대형서점이라 그런지 베스트셀러는 서점 안에서 읽는 용으로 서너 권 배치되어 있었다. 마침 잘 되었다 싶어 자리를 잡고 책을 읽기 시작했다. 이렇게 베스트셀러를 읽는 게 얼마 만이지, 조금은 낯설게 느껴졌다. 다만 궁금했다. 요즘 사람들이 대체 어떤 책을 읽는지, 얼마나 재미있길래 그렇게나 많이 팔리는지.

- 편집자는 요즘 어떤 책이 잘 팔리는지 꼼꼼히 살펴봐야 해. 현재 어떤 이슈가 있는지, 독자들이 어떤 문제

에 관심을 가지는지, 어떤 콘텐츠에 사람들이 반응하는지 등을 치열하게 고민해야 해. 그러한 조사를 바탕으로 어떤 책을 기획할 건지 생각해야 하고.

몇 권의 책을 훑어보았다. 다만 베스트셀러에 대한 나의 호기심은 충족되지 않았다. 오히려 더 커다란 의문에 휩싸였다. 재미없는 책은 아니었다. 잘못된 정보를 제공해주는 것도, 글이 아주 형편없는 것도 아니었다. 다만 이렇게까지 인기가 많을 책은 아니라는 생각이 들었다. 이보다 훨씬 재미있고 작품성 있는 책도 많았다. 그런데 왜 내가 재미있다고 생각하는 책은 안 팔리고, 내가 별 흥미를 느끼지 못한 책들은 날개가 돋친 듯 팔리는가. 내 취향이 대중적이지 못한 걸까. 내가 대중들의 심리를 이해하지 못하고 있는 걸까.

독서량이라면 그 누구에게도 꿀리지 않을 만큼 많은 책을 읽어왔다. 편식이 심하긴 해도 어떤 책이 좋은 책인지는 어렴풋이 판단할 자격은 있다고 믿었다. 하지만 앞에 있는 베스트셀러들은 내 기준에서 좋은 책이 아니었다. 비록 주관적인 기준이라 할지라도, 그 누구보다 책을 좋아하는 내가 기준조차 세우지 못할 특별한 이유라도 있는 걸까. 둘 중 하나는 잘

못되었다. 베스트셀러에 전혀 흥미를 느끼지 못하는 내가, 아니면 이 책을 베스트셀러로 만든 수만, 수십만 명의 독자들이.

책을 다시 제자리에 꽂았다. 책 사는데 만큼은 돈을 전혀 아끼지 않는 편이었지만, 조금 전 훑어본 책들은 사고 싶다는 생각이 전혀 들지 않았다. 대신, 다른 책을 골랐다. 사람들이 별 관심을 가지지 않을 만한, 분명 1쇄도 다 나가지 않았을 책이었다. 결국 대중의 취향을 선택하기보다 내 취향을 선택했다. 편집자로서 영 꽝이었다. 그냥 사람들이 어떤 책을 원하는지 파악하고, 그런 책을 기획하자 다짐하면 될 것을, 나는 어째서 이토록 삐딱한 걸까.

- 편집자라면 잘 팔리는 책을 좋은 책이라 믿어야 하지 않을까요.

얼마 전 출판 관련 강연에서 들었던 얘기가 떠올랐다. 잘 팔린다고 해서 좋은 책이라 할 수 있는가. 아니, 그럴 수 없다. 인정할 수 없다. 정말 책을 좋아하는 사람이라면 자신의 가치관과 신념을 쉽게 타협할 수 없다. 자신은 거들떠보지도 않는 책을 잘 팔린다는 이유로 기획하는 게 편집자란 말인가. 정녕 그게 훌륭한 편집자란 말인가. 그런 책을 기획해서 많이 팔면 성공한 편집자가 되는 걸까. 그러라고 월급을 받는 존재가 편집자인 걸까. 그렇다면 조금도, 멋있지 않다.

서점에서 나오니 바람이 유난히도 차게 느껴졌다. 봄인 줄 알았는데, 아직 겨울이 끝나지 않았나 보다. 나는 대체 어떤 책을 기획해야 하는가. 편집자가 된 줄 알았는데, 아직 한참은 멀었나 보다.

월급도 받고 글쓰기 수업도 듣고

"지난 두 번의 피드백은 각각 6개월 동안 적용하며 어느 정도 클리어한 거 같은데, 이번 피드백은 어림도 없다. 내 글쓰기 수준에 비해 너무도 어려운 숙제를 부여받았다. 완전 스파르타 교육이다. 다음 글쓰기 피드백은 언제쯤 받을 수 있으려나."

- 정오가 간만에 맥주 한잔하자 길래, 혹시 무슨 일 있나 싶더라고. 항상 내가 먼저 먹자고 하니까. 그래서 퇴근하고 회사 근처 호프집에 갔어. 그런데 갑자기, 자기 글쓰기 상담을 하더라고.

대학생활을 글쓰기로 채워나갔다. 언젠가부터 글쓰기 대회에 나갈 때마다 좋은 성적을 거두곤 했다. 대학 졸업 후에도 원고를 기고하거나 객원 기자 활동을 하며 원고료를 받기도 했다. 내 또래에 비하면 괜찮은 성과였다. 사람들도 글을 잘 쓴다며 인정해주었다. 덩달아 글쓰기에 대한 자부심도 강해졌다.

　　그러다 회사에 들어오니 나보다 글 못 쓰는 사람이 주위에 한 명도 없었다. 특히 회사 대표님은 책을 몇 권이나 낸 작가이기도 했다. 글쓰기 솜씨가 상당했다. 회사 대표와 직장인의 관계였지만, 이를 충분히 활용하기로 했다. 작전을 세웠다. 그렇게 대표님의 의사와는 상관없이 글쓰기 멘토와 멘티 관계가 형성되었다.

　　출판사는 책 만드는 일을 한다. 당연한 얘기지만, 책은 글로 구성되어 있다. 글의 1차 생산자는 작가다. 그 창작물을 가공하는 편집자 역시 큰 틀에서는 2차 생산자라 할 수 있다. 작가들의 글을 다루기 위해선 그들 못지않은 글쓰기 실력이 있어야 한다. 자기 글쓰기 실력이 형편없는데 다른 사람의 글을 지적하는 건 상대방은 물론 스스로 납득하기 어려운 일이다. 하물며 상대가 글로 먹고사는 집단이라면 더욱 그렇다.

　　그러니 편집자에겐 글쓰기 실력이 필수다. 글을 잘 쓴다고 누구나 편집자를 할 수 있는 건 아니지만, 대부분의 편집자는 훌륭한 글솜씨를 가지고 있다. 다만 적정 수준의 글쓰기 실력을 가지고 있더라도, 그 자리에 머무는 순간 오히려 도태되고 만다. 예술에는 정답이 없다. 마찬가지로 완벽함이 없다. 그렇기에 끊임없는 노력을 요구한다. 편집자 직함을 단 그 순간, 글쓰기 수양을 멈출 수 없는 운명을 짊어지는 셈이다.

　　입사한 지 얼마 안 되었을 당시, 회사 SNS를 관리하며 처음으로 글쓰기 피드백을 받았다. 글을 잘 쓰는 것도 중요하지만, 우선 틀리지 않은 글을 쓰는 게 우선이라는 얘기를 들었다. 조사를 줄이고, 단문 위주로 쓰고, 이왕이면 능동 형태로 쓰면 좋다고 했다.

　　입사 전까진 주위에 나보다 글 잘 쓰는 사람은 없다고 생각했는데, 그제야 내 글에 군더더기가 많다는 걸 깨달았다. 내 글에 쓸데없는 조사가 이렇게나 많았다니. 쉼표는 왜 또 이렇게 많지. 이렇게 계속 쉬다 보면 호흡 조절이 안 되어서 글을 읽다가 포기할 것만 같다. 문장 길이는 왜 또 이렇게 긴지 모르겠다. 넉넉잡아 세 번은 끊긴다. 게다가 수동태가 넘쳐난다. 영락없는 수동태 성애자의 모습이다. 이후 단문 위주로 쓰되 불필요한 조사 사용을 대폭 줄였다. 퇴고를 거듭하며 비문을 없애려 노력했다. 6개월이 흘렀다. 글이 비교적 깔끔해졌다. 이전보다 글이 쉽게 잘 읽힌다는 얘기를 들었다.

　　글쓰기 모임을 운영하며 내 글에 대한 피드백을 본격적으로 듣기 시작했다. 깔끔하게 잘 쓰긴 하는데 너무 내 생각, 내 이야기만 가득하다고 했다. 대표님께 도움을 요청할 때가 되었구나. 퇴근 전, 대표님 자리로 갔다. 머뭇머뭇하니 할 말이 있냐고 내게 물었다. 대표님, 오늘 저녁에 혹시 다른 일정 있으십니까? 다른 약속이 없다고 했다. 그럼 저랑 맥주 한잔 어떻습니까?

처음부터 내 의도를 드러내는 건 위험하다. 자칫하다간 너무 비즈니스적으로 비칠 수 있기 때문이다. 이런저런 얘기를 나누다 자연스레 글쓰기 얘기를 꺼냈다. 글쓰기에 대한 고민을 이야기했다. 대표님께 두 번째 피드백을 받았다. 글에 다양한 사람이 등장하면 좋다고 했다. 자신의 경험과 생각을 이야기하는 에세이는 독자의 공감이 핵심이라 했다. 자기 이야기만 하면 일기장 수준에서 머무를 가능성이 높다고 했다. 다른 사람이 등장하면 글이 훨씬 더 풍성해질 수 있다고 덧붙였다.

다시금 내가 쓴 글을 돌이켜보았다. 죄다 내 이야기였다. 혼자만의 고민이나 생각이 대부분이었다. 심지어 다른 사람과 있었던 일조차 개인의 깨달음과 성찰로 전환해버렸다. 타인에 대한 이해가 현저히 부족했다. 대표님의 피드백을 적극 반영했다. 6개월이 흘렀다. 항상 내 생각, 내 이야기로만 가득하던 내 글에 타인이 하나둘 등장하기 시작했다. 글의 볼륨감이 커지며 이야기가 비교적 풍성해졌다.

  글이 깔끔해지고 볼륨감도 커졌다. 내 글에 공감하는 사람이 많아졌다. 자신감이 붙었다. 예전에 쓴 글을 보니, 지난 1년간 얼마나 큰 변화가 있었는지 새삼 느껴졌다. 이제 SNS 글쓰기를 넘어 책을 내고 싶다는 욕심이 생겼다. 높디높은 벽이 나타났다. SNS에 글을 쓰는 것과 실제 책을 내는 일은 하늘과 땅 차이였다. 어떻게 해야 하나 고민하던 때, 마침 사업 발표 때문에 대표님과 1박 2일로 서울 출장을 갈 일이 생겼다. 오늘이 날이구나! 일정을 마치고 숙소로 가는 길에 맥주 몇 캔과 안주를 조금 샀다. 캔 맥주를 마시며 이런저런 이야기를 나누었다. 타이밍을 쟀다. 자연스러워야 한다. 너무 티를 내면 수업비를 내야 할 수도 있으니. 조심스레 글쓰기에 관한 이야기를 꺼냈다. 내 고민을 이야기했다. 글을 좀 더 간추려서 꼭 필요한 내용 위주로 적는 연습을 하면 좋다는 답변을 들었다.

  지난 두 번에 비해 한층 더 어려워진 피드백이었다. 이후로 글을 쓸 때마다 필요 없는 내용은 최대한 빼려 했지만, 내 글은 여전히 장황했다. 하고 싶은 얘기가 이리도 많은지. 당장 지금 이 글도 그렇다. 그냥 대표님께 6개월마다 피드백을 들으며 열심히 글쓰기 공부를 하고 있다고 말하면 될 것을, 이 짧은 내용을 장황하게 풀어서 쓰고 있다. 아직 세 번째 피드백은 조금도 적용하지 못하고 있었다. 지난 두 번의 피드백은 각각 6개월 동안 적용하며 어느 정도 클리어한 거 같은데, 이번 피드백은 어림도 없다. 내 글쓰기 수준에 비해 너무도 어려운 숙제를 부여받았다. 완전 스파르타 교육이다. 다음 글쓰기 피드백은 언제쯤 받을 수 있으려나.

변방에서,

"이들의 가치와 신념을 함부로 평가할 수 없었지만,
세일즈 포인트가 구체적인 숫자로서 우리들의 위치를 말해주고 있었다.
어쩌면 지나칠 만큼, 냉혹할 정도로."

입사할 때만 해도 회사 사무실은 오피스텔 12층이었다. 창밖을 보면 동네가 한눈에 들어왔다. 이따금 창문 사이로 비둘기가 들어왔다. 똥을 싸고 도망가는 게 다반사였다. 지하철역과 가까워 교통편이 무척 편리했고, 고층이라 공기가 좋았다. 게다가 화려한 풍경까지. 비둘기와의 사투만 제외하면 흠잡을 데 없는 공간이었다.

회사에 들어온 지 1년이 지났을 무렵, 광안리 해변 앞으로 사무실을 옮겼다. 지하에 있는 카페였는데 단순한 사무실 개념에서 벗어나 복합문화공간으로 운영할 계획이었다. 거기에 맞춰 오픈 파티를 준비했다. 다양한 행사 및 프로그램을 기획했는데, 그중 하나가 각 지역 출판사 도서를 전시 및 판매하는 일이었다. 한국지역도서전에 한 번 참여한 기억이 있어

지역 출판사들의 이름이 그리 낯설지 않았다. 다만 각 출판사에서 나온 책들에 대해선 무지했다. 내가 최근 구입한 책 목록을 보면 수도권 혹은 파주에 있는 출판사에서 나온 책이 대부분이었다. 지역 출판사에서 일하고 있음에도, 정작 다른 지역 출판사에서 나온 책들은 거의 읽지 않고 있었던 것이다. 이 사실이 조금은 씁쓸하게 다가왔다.

우선 지역별로 출판사 명단을 작성했다. 이후 전시 및 판매에 쓸 출판사별 대표 도서를 검색했다. 인터넷 서점에서 출판사 링크를 클릭하면 해당 출판사에서 나온 도서 목록이 나왔다. 판매량 순으로 정렬하면 가히 '대표 도서'라고 할 만한 책들을 어렵지 않게 찾을 수 있었다.

인터넷 서점에 접속해 책을 클릭하면 '세일즈 포인트'가 옆에 표시된다. 각 서점마다 측정하는 방식이나 기준이 다르지만, 세일즈 포인트가 높을수록 책 판매량이 많다는 것만은 확실했다. 천 단위로 올리는 것도 쉽지 않다. 몇만 단위로 올라가면 우리가 흔히 말하는 '베스트셀러' 대열에 합류한다고 볼 수 있다. 출판사별 대표 도서를 조사하다 보니 자연스레 그 책들의 세일즈 포인트를 확인할 수 있었다.

출판사에서 1년 남짓 일하며 출고를 하다 보니, 세일즈 포인트에 따라 그 책이 한 달에 대략 얼마나 나가는지 어렴풋이 파악할 수 있었다. 짐작에 불과했지만 영 엉터리는 아니었다. 그렇게 추론하니 대부분 지역 출판사가 책 판매 수익이 얼마 되지 않는다는 결론이 나왔다. 그럼에도 묵묵히 출판사를 운영하고 있다는 건, 결국 외주나 용역 등 을의 입장에서 일을 하거나 대표가 개인 차원에서 다른 일로 번 돈을 쏟아 붓고 있음을 의미했다. 우리 출판사라고 해서 사정이 크게 다르진 않았다. 그럼에도 우리보다 사정이 나은 지역 출판사들이 많을 거라며 막연하게 믿고 있었던 건 아닐까. 이게 책 만드는 사람들의 현실인 걸까. 수도권이나 파주에 있는 출판사라고 크게 다르겠냐마는, 그보다 더 혹독한 환경에서 고군분투하는 이들의 모습을 보니 마음이 착잡해졌다.

"중심부는 기존의 가치를 지키는 보루일 뿐 창조 공간이 못 됩니다. 인류 문명의 중심은 중심부가 아닌 항상 변방으로 이동했습니다."

"변방을 낙후되고 소멸해 가는 주변부로서가 아니라 새로운 가능성의 전위로 읽어냄으로써 변방의 의미를 역전시키는 일이 과제가 될 것입니다."

"그러나 변방이 창조 공간이 되기 위해서는 결정적인 전제가 있습니다. 중심부에 대한 콤플렉스가 없어야 합니다. 중심부에 대한 콤플렉스가 청산되지 않는 한 변방은 결코 창조 공간이 되지 못합니다."

언젠가 신영복 선생님의『담론』에서 인상적으로 읽었던 몇몇 글귀가 떠올랐다. 갓 입사했을 때만 해도 이 글귀들을 보며 의욕을 불태웠었다. 변방에서 큰일 한 번 내보겠다며, 출판계를 뒤흔들겠다며 당찬 포부를 가진 채 한창 들떠있었다. 그러다 고작 1년 만에 현실을 뼈저리게 느끼며 무기력함에 휩싸이고 말았다. 좋은 말이긴 했지만, 왠지 모를 이질감이 느껴졌다. 저 말이 옳다는 걸 삶으로서 증명하고 싶었다. 다만 현실의 벽은 너무도 높았다. 이제 겨우 1년 남짓 일한 초짜 편집자뿐만 아니라, 십 년 혹은 이십 년 이상 이 분야에 종사한 사람들도 마찬가지였다. 이들의 가치와 신념을 함부로 평가할 수 없었지만, 세일즈 포인트가 구체적인 숫자로서 우리들의 위치를 말해주고 있었다. 어쩌면 지나칠 만큼, 냉혹할 정도로.

우리가 지금 서 있는 이곳에서, 정녕 변화를 만들 수 있을까. 내가 나아가고자 하는 길이 뿌연 안개로 뒤덮이는 기분이었다. 지금 있는 회사에서 열심히 일을 잘 배워 멋진 출판사를 만들고 싶었는데, 부산을 대표하는 출판사를 만들고 싶었는데, 기대와 설렘보다 불안과 걱정이 나를 휘감았다. 그럼에도 불구하고, 나는 이 길을 쭉 걸어갈 수 있을까. 변방에서,

*글귀 인용 - 『담론』 신영복

돈이 있어야 책을 만들지

"나도 그냥 편하게 책 만들고 싶고, 되도록 펀딩 같은 거 안 하고 싶다.
그런데 어떡하는가, 돈이 있어야 책을 만들지."

회사에 들어오고 총 세 번의 소셜펀딩을 기획했다. 첫
펀딩은 우리 회사에서 야심 차게 준비한 페미니즘 도서였다.
처음으로 도전하는 번역서이기도 했다. 내가 입사하기 전에
기획한 책이라 내게 주어진 일이 별로 없었다. 이 책에 대해선
편집자가 아닌 마케터 역할을 맡기로 했다. 그 시작이 소셜펀
딩이었다. 첫 펀딩이라 미숙한 점이 많았지만, 괜찮은 성과를
냈다. 목표 금액의 200%를 넘기며 성공적으로 마무리되었다.
번역서는 판권 구입, 번역 작업 등 일반 도서에 비해 초기 비용
이 더 많이 들었다. 펀딩이 성공적으로 끝났다고 좋아하고 있
었지만, 알고 보니 초기 비용을 완전히 회수하진 못했다. 책 만
드는 데 돈이 그렇게나 많이 드는지, 처음 깨달았다.
두 번째 펀딩은 내가 처음으로 책임 편집을 맡은 책이
었다. 펀딩을 진행한 가장 큰 이유는 돈이었다. 신인 저자 발굴

은 취지나 의미는 좋지만, 출판사 입장에서는 위험 부담이 높은 작업이었다. 이미 몇 권의 책을 출간하며 어느 정도 팬덤이 형성되어 있는 작가의 책도 잘 팔리지 않는 상황인데, 하물며 무명 저자의 책을 누가 사겠는가. 오로지 콘텐츠 하나만으로 승부를 봐야 했다. 모든 승부에는 늘 위험이 따랐다.

펀딩은 목표 금액의 150%를 채우며 마무리되었다. 저자의 지인들 혹은 출판사를 응원해주는 사람들 위주로 펀딩에 참여해줘 마음 한구석이 괜히 불편했다. 펀딩에 성공해도 겨우 저자 인세, 종잇값, 인쇄비용만 아슬아슬하게 충당할 정도였다. 철저히 비용으로만 따지면 이 책을 작업한 편집자와 디자이너는 재능기부를 한 셈이다.

세 번째 펀딩은 내가 두 번째로 책임 편집을 맡은 책으로 진행했다. 이유는 앞서 말한 것처럼 신인 저자 발굴에 따른 위험부담을 줄이기 위함이었다. 하지만 두 번의 경험에도 펀딩 준비는 결코 만만하지 않았다. 책 소개 자료, 책 이미지, 리워드 구성, 그리고 홍보 전략까지. 책 한 권을 기획하고 출간하는 데 쓰이는 에너지가 다른 책에 비해 훨씬 많이 들었다. 그럼에도 별다른 경력이 없는 편집자가 신인 저자를 발굴하는 데 최소한의 비용을 마련하지 못한다면, 냉정하게 말해 출판사에서 그 책을 출간할 이유는 눈곱만큼도 없었다. 나는 그 눈곱만큼의 가능성을 만들기 위해 책임편집을 맡을 때마다 펀딩을 준비했다.

책 한 권을 만들기 위해선 최소 몇백만 원이 든다. 저자한테 인세를 주고 책에 쓸 종이도 사고 인쇄비용도 결제해야 한다. 창고에 보관하는 것도 돈이고 유통하는 것도 다 돈이다. 그 책을 만든다고 자신의 시간과 에너지를 쏟은 편집자와 디자이너도 월급을 받아야 한다. 이걸 고려하지 않으면 그야말로 땅 파서 장사하는 셈이다.

비용에 대한 고민은 선택이 아닌 필수였다. 특히 기획 출판인 경우 출판사 차원에서 투자를 하는 개념이기에 더 신경 쓸 수밖에 없다. 이게 얼마나 좋은 콘텐츠인지, 우리가 하는 일에 얼마나 의미 있는 일인지와 별개로 열심히 계산기를 두드려야 한다. 이게 현실이었고 회사가 돌아가는 논리였다. 출판사는 봉사 단체도 사회적 기업도 아닌, 이익을 추구하는 기업이었다.

펀딩이 무사히 마무리될 때마다 힘이 빠진다. 절로 안도의 한숨이 나온다. 대박이 난 적은 없다. 최소한의 선방만 했을 뿐이지만 이마저도 쉽지 않다. 그냥 내가 발굴한 콘텐츠로 편하게 책을 만들 수 있으면 좋겠지만, 현실의 문법은 달랐다.

소셜펀딩을 통해 초기 비용을 마련하는 과정은 이러한 현실의 문법을 그 무엇보다 명쾌하게 설명해줬다. 출판사는 책 만드는 일을 하지만, 그것은 단순히 책을 기획해서 세상에 내놓는 일만을 의미하지 않는다. 생각해야 하는 것도 많고 극복해야 할 현실적 어려움도 많다. 걱정이 끊이지 않는다. 결국 출판사는 이러한 열악한 조건 속에서 간신히 만든 결과물을 세상에 내놓는 일을 한다. 그 핵심에 편집자가 있다고 한다. 그게 내가 선택한 편집자라는 직업의 무게란 말인가. 혹시 나, 직업을 잘못 선택한 건 아닐까.

　　어느 출판 관련 강연에 참석하니, 소셜펀딩이 새로운 출판 플랫폼으로 자리매김하고 있다고 했다. 지역 출판사들이 적극 여기에 뛰어들며 새로운 해법을 찾고 있으며, 이는 좋은 현상이라 말했다. 맞는 말이었다. 사회가 빠르게 변하는 만큼 회사도 거기에 따라가야 한다. 하지만 새로운 플랫폼이고 새로운 마케팅 전략이고 뭐고, 잘 모르겠다. 무려 세 번의 펀딩을 진행했지만, 개인적으론, 다 돈 때문에 했다. 새로운 활로를 찾기 위해서도 아니었고 새로운 성공 사례를 남기기 위해서도, 편집자로서 인정받고 싶어서도 아니었다. 그냥 내가 만들고 싶은 책이 있는데 돈이 필요해서 어쩔 수 없이 했을 뿐이다. 나도 그냥 편하게 책 만들고 싶고, 되도록 펀딩 같은 거

안 하고 싶다. 그런데 어떡하는가, 돈이 있어야 책을 만들지.

파쇄하는 마음

"산처럼 쌓여있는 책들을 바라본다. 언젠가 독자의 선택을 받아
읽히게 될 거라는, 미약하게 남아있던 가능성마저 사라지는 순간이다."

보통 책이 나오면 6개월간 신간이라 부른다. 베스트
셀러 혹은 스테디셀러를 제외하면 유의미한 판매량은 1년 6개
월까지 잡히는 편이다. 책이라는 상품은 길게 잡아도 출간 후
3~4년이 지나면 독자의 관심에서 사라지는 편이다. 단행본은
한 번 찍을 때 보통 1,000~2,000부를 찍는다. 이 책들을 2년 이
내에 판매하지 못하면 난감한 상황이 펼쳐진다. 창고에 보관
하는 비용은 계속 빠져나가는데 주문이 띄엄띄엄 들어오는 경
우다. 보관 비용과 판매 수익을 고려해보면 오히려 판매를 하
는 게 손해라는 결론이 나온다. 그런 경우 남은 재고를 정리하
며 '품절'처리를 할 때가 있다. 이런 경우는 그나마 양반이다.
지난 판매 데이터를 바탕으로 남은 재고가 판매될 가능성이 없
다고 판단되면 책을 파쇄하는 경우도 있다. '임시품절'을 넘어
완전한 '품절'이다. 독자는 이미 유통된 책 이외에 더 이상 그

책을 만날 수 없다. 갑자기 책 판매량이 많아져 출판사에서 다시 인쇄하는 기적 같은 일이 일어나지 않는 이상, 이제 그 책은 세상에서 점점 잊힐 일만 남은 셈이다.

회사에 들어온 지 1년이 지난 시점, 사무실을 옮겼다. 책상이나 컴퓨터, 책장 등 큼지막한 것들을 옮기고 나니 짐 자체는 얼마 없었다. 다만 처치 곤란한 게 있었다. 출간 후 많은 시간이 흐른 탓에 수요가 거의 없는 책들이었다. 지난 몇 년간 판매량 추이를 봤을 때 남은 재고가 팔릴 여지가 없었다. 도서 정가제 때문에 싸게 팔 수도 없는 노릇이었다. 이미 시장성이 없는 책을, 그것도 한 종 당 최소 수백 권 이상 있는 책을 기부하는 것도 어려웠다. 한 권 한 권 모두 소중한 책이었지만, 경영의 관점에서 보았을 땐 악성 재고에 가까웠다. 이것들을 어떻게 처리할 것인가, 대표님과 고민한 끝에 결국 파쇄하기로 결정했다.

수십 개가 되는 박스를 열심히 날랐다. 내가 아직 고등학생이었을 때 나온 책부터 시작해 입사하기 직전에 출간된 책도 있었다. 심지어 나온 지 얼마 안 되었지만 판매량이 거의 없다시피 한 책도 종종 보였다. 그 박스 속에 우리 출판사의 역사가 담겨 있었다. 다만 파쇄의 운명을 맞이하고 있는, 조금은 서글픈 역사였다.

책 만드는 과정은 꽤나 복잡하다. 저자가 처음 소재를 떠올린다. 하얀 백지 위에 글을 끄적이기 시작한다. 그렇게 완성된 원고는 편집자와 저자 사이 몇 번씩 오간다. 편집 작업, 디자인 작업을 거쳐 마침내 인쇄 제작에 들어간다. 갓 나온 따끈따끈한 책을 받아보는 저자와 편집자의 모습이 떠오른다. 아마 세상에서 가장 행복한 표정을 짓고 있지 않을까. 유통을 시작한다. 독자들이 하나둘 책을 구입한다. 그렇게 책은 출판사와 저자, 독자 사이에서 살아 숨 쉰다. 누군가에겐 재미를, 누군가에겐 특별한 의미를, 또 누군가에겐 삶의 전환점을 줬을지도 모르는 책들이다. 분명 그랬을 책이었으랴. 그런데 시간이 지났다는 이유로, 이제 상품성이 없다는 이유만으로 세상에서 잊혀야 하는 걸까. 마음이 착잡해졌다.

뷔페에서 잠깐 일할 때, 마감 시간이면 음식물이 가득 담긴 통을 비우곤 했다. 커다란 통이 하루에도 몇 번씩 가득 차곤 했다. 손님이 먹고 남긴 음식도 있었지만, 시간이 지나서 버리는 음식도 제법 많았다. 그 음식을 위해 누군가는 농사를 짓고 가축을 키우고 그물을 던졌을 텐데, 누군가는 판매를 하고, 누군가는 요리를 했을 텐데, 멀쩡한 음식이 버려지는 게 아쉬웠다. 다만 그뿐이었다.

소비자에게 선택받지 못한 상품이 버려지는 건 자연

스러운 일이다. 쓰임을 다하지 못하고 사라지는 게 세상에 얼마가 많은가. 그 모든 것에 대해 안타까워한다면 세상살이가 참 힘들어질 것만 같다. 책 역시 하나의 상품일 뿐이다. 출판사는 책을 판매한 수익으로 유지되는 이익 집단이다. 때로는 경영의 관점으로 냉정하게 접근해야 한다.

산처럼 쌓여있는 책들을 바라본다. 언젠가 독자의 선택을 받아 읽히게 될 거라는, 미약하게 남아있던 가능성마저 사라지는 순간이다. 돈으로 환산되지 않아도 좋다. 누군가는 저 책을 읽었으면 좋겠다는 절박한 생각이 든다. 하지만 그마저도 어렵다. 결국 책을 팔지 못한 우리 잘못이다. 죄책감과 무기력함이 나를 덮친다. 어째서 저 많은 책이 파쇄의 운명을 맞아야만 하는가. 내가 좀 더 열심히 홍보했으면, 그래서 판매량이 괜찮았다면 상황이 바뀌었을 것만 같다. 나는 어째서 이토록 무능력한가. 내가 책임편집을 맡은 책도 훗날 이와 같은 운명을 맞이하게 될까, 문득 의문이 들었다. 지금은 세상 그 무엇보다 소중한 그 책들이, 결국은 독자들의 선택을 받지 못한 채 다시 종이로 돌아가고 마는 서글픈 결말을 맞이하게 될까. 그때마다 편집자로서의 자질을 의심할 것만 같다.

버려지는 책을 보며 가슴 아파하는 걸 보니, 아직도 책을 온전한 상품으로 보지 못하고 있는 것 같다. 상품일 뿐인데,

한낱 상품일 뿐인데, 돈 벌려고 만드는 상품일 뿐인데, 나는 여전히 온갖 의미와 가치를 부여하고 있었다. 아직도 환상에서 내려오지 못한 걸까, 여전히 순수하게 책을 바라보는 걸까, 독자 수준에서 머물고 있는 걸까. 마지막 박스를 옮긴다. 미안한 마음에 작별인사를 건넨다.

나도 어쩔 수 없는 직장인이 돼버린 걸까

"의미고 뭐고 어쨌든 잘 팔리는 책을 기획하고자 했다. 그런 책을 만들지 못하면 회사 잔고를 걱정하는 사태가 다시금 펼쳐질 것만 같았다. 월급날이 다가올 때마다 불안에 떠는 나날이 불쑥 다가올 것만 같았다. 결코 유쾌하지 않은 기억이었다. 두 번 다신 경험하고 싶지 않았다."

정식 계약을 한 지 얼마 안 되었을 무렵, 출판계에서 유명한 마케터 한 분이 부산에 내려온다는 소식을 들었다. 주말이었지만 조금의 망설임 없이 강연에 참석했다. 우리가 흔히 아는 베스트셀러들을 수십 권이나 만들어낸 마케터답게 현 출판계에 대한 날카로운 진단부터 미래에 대한 전망과 트렌드 예측 등 알찬 이야기를 들려줬다.

질의응답 시간, 손을 번쩍 들었다. 베스트셀러를 좋은 책이라 할 수 있을까요? 이제 갓 출판계에 발을 디딘 편집자에겐 어려운 문제였다. 내가 생각하는 좋은 책을 기획할 것인가, 아니면 베스트셀러를 참고하며 독자가 원하는 책을 기획할 것인가. 더군다나 첫 책임편집으로 어떤 책을 기획할 건지 슬슬 고민해야 하는 시점이기도 했다.

- 출판계에서 오랫동안 화두인 얘기죠. 다만 편집자라
면 잘 팔리는 책을 좋은 책이라 믿어야 하지 않을까요.

마케터의 입장에선 당연한 대답이었다. 다만 뭔가 못
마땅했다. 자신이 좋아하는 걸 꾸준히 하다 보면 운이 좋아 대
중적인 반응을 얻는 게 자연스럽다고 생각했다. 반면 대중적
으로 성공하기 위해 돈이 될 만한 것들을 쫓아다니는 건 얘기
가 달랐다. 당장 눈에 보이는 성과 몇 번은 얻을지 몰라도 장
기적으로 봤을 땐 결코 현명한 선택이 아닐 거라 확신했다. 듣
고 싶은 대답이 따로 있었던 걸까. 사실 내가 만들고 싶은 책을
기획하겠다는 마음으로 가득한 상태였다. 그걸 확인받고 싶었
을 뿐이었다. 잘 팔리는 책이 아니라도 좋다. 내가 좋은 마음
을 담아 만든다면 독자들에게도 그 진심이 전달되어 시장 반
응이 좋을 거라 믿었다.

회사는 연초에 한 해 계획을 세운다. 각종 프로젝트 및
사업을 알아보고 정리하며, 일 년을 이끌어나갈 준비를 한다.
그럼에도 상반기와 하반기 사이 어디쯤을 지날 때면 어김없이

보릿고개가 시작된다. 특히 직원이 몇 안 되는 자그마한 회사일수록 이러한 현상은 도드라진다. 간신히 버티다 연말이 가까워지면 일이 하나둘 들어오기 시작한다. 일의 질은 나쁜 반면 확실히 돈이 되는 경우가 많다. 그런 일들이 몇 개씩 쌓이면 정신없는 나날이 펼쳐진다. 돈 번다고 정신이 없다. 그렇게 번 돈으로 보릿고개 때 손해 본 걸 메운다. 그 돈으로 다시금 한 해를 계획한다. 건강한 순환고리라 볼 수 없지만, 어지간한 규모의 기업이 아니면 대부분 회사가 이와 비슷한 사정이 아닐까 싶다.

출판 경기가 최악이라는 이야기를 귀에 못이 박히도록 듣곤 했다. 수도권과 파주의 유명한 출판사에서도 매출이 크게 떨어졌다느니, 구조조정을 했다느니 안 좋은 소식이 들리곤 했다. 열악한 환경에서 고군분투하는 지역 출판사의 사정은 말할 것도 없었다. 이제 갓 입사해 열정과 패기가 넘치던 지역 출판사의 한 편집자는, 좋은 마음을 담아 여러 프로젝트에 도전했다. 책을 중심으로 새로운 커뮤니티를 만들어 보겠다며 여러 모임을 동시에 진행하기도 하고, 책 홍보를 위해 다양한 콘텐츠를 새롭게 기획해 만들기도 했다.

이러한 노력과 별개로 출판사 사정은 점점 안 좋아지기만 했다. 회사에 돈이 없었다. 물품을 구입하거나 점심값을 계산하는데 회사 카드로 결제가 안 되는 일이 빈번하게 일어났다. 회사 월급날이 다가오면 설렘보다 불안감이 앞섰다. 회사 사정이 이렇게 안 좋은데, 혹시나 월급이 밀리는 건 아닐까 싶었다. 대표님이 여기저기서 돈을 빌린다는 소식을 어렴풋이 듣곤 했다. 말단 사원이 회사 자금을 걱정한다는 게 우스운 일이긴 했지만, 회사가 돈이 없다는 데도 뭔가 할 수 있는 게 아무것도 없다는 사실은 말단 사원을 무기력하게 만들었다. 배가 불러야 창의적인 아이디어도 나오고 여유 있게 무언가를 할 수 있었다. 배가 고프니 오로지 돈 걱정뿐이었다.

그럼에도 나의 소신을 지키려 했다. 내가 생각하는 좋은 책을 만들고자 했다. 글쓰기 모임에서 만난 무명 저자의 작품을 첫 책임편집 책으로 결정했다. 새로운 저자를 발굴한다는 차원에서는 참 가치 있는 일이었지만, 판매량이 전혀 보장되지 않았다. 다행히 초기 투자비용은 회수할 수 있었지만 딱 그 정도였다. 내가 좋은 마음을 담아 책을 기획한 것과 별개로 시장 반응이 그랬다. 회사 사정에 별 도움이 되지 못한 셈이다. 그럼에도 한 번 더 내 소신을 지키고자 했다. 두 번째 책 역시 무명 저자였다. 수익을 얻는다기보다 투자 개념에 가까웠다. 나름 기대를 했음에도 언론에서 거의 다뤄주지 않는 모습에 절로 힘이 빠졌다. 내가 하고 싶은 일에 최선을 다했지만,

경제적인 성취와는 늘 거리가 멀었다.

　　정신이 번쩍 들었다. 이러면 안 되겠다 싶었다. 의미와 가치도 좋고 진심을 담는 것도 좋았다. 하지만 수익을 내지 못하면 다시금 보릿고개를 넘어야 했다. 내가 좋아하는 것만 해서는 그저 좋은 추억 하나만 남을 뿐이었다. 의미고 뭐고 일단 유명해지는 게 우선이었다. 어쨌든 많이 팔아야 한다. 어떻게든 돈을 벌어야 한다. 홀로 중얼거렸다. 회사는 개인 자아실현이 아닌 수익 창출이 우선이었다. 이상과 현실이 치열하게 다투던 머릿속은 그제야 잠잠해졌다. 어린애처럼 어리광 부릴 때가 아니라는 깨달음은, 책을 대하는 나의 태도를 명확하게 해줬다. 먼 길을 돌고 돌아 간신히 내게 딱 맞는 직장을 찾았다. 그런 회사가 휘청거리는 모습을 남의 일이라는 듯 무심하게 지켜보고 싶지 않았다. 이제는 정말, 오래 가고 싶었다.

　　- 네가 제안한 아이템도 나쁘진 않아. 근데 너무 한쪽으로 치우친다는 생각이 드네. 한 개인의 솔직담백한 이야기, 말랑말랑한 제목에 적당한 일러스트가 들어간 에세이들. 베스트셀러 중에 이런 책이 많다는 건, 그만큼 많이 팔린다는 의미이긴 해. 다만 다른 출판사에서 충분히 하고 있는 것들을 굳이 우리가 할 필

요가 있을까?

어느 순간부터 좋은 책과 베스트셀러 사이에서 더 이상 방황하지 않았다. 내가 만들고 싶은 책과 시장에서 반응이 있는 책의 간극에서 헤매지 않았다. 어차피 독서 취향이 대중적이지 못하니 내 입맛에 맞는 책은 기획하지 않기로 다짐했다. 대신 잘 팔리는 책을 만들기로 했다. 돈 되는 책을 열심히 찾기 시작했다. 예전엔 쳐다보지 않던 베스트셀러를 열심히 읽고 연구했다. 후발주자든 아류든 그것들을 흉내 내기 위해 열심히 발버둥 쳤다. 의미고 뭐고 어쨌든 잘 팔리는 책을 기획하고자 했다. 그런 책을 만들지 못하면 회사 잔고를 걱정하는 사태가 다시금 펼쳐질 것만 같았다. 월급날이 다가올 때마다 불안에 떠는 나날이 불쑥 다가올 것만 같았다. 결코 유쾌하지 않은 기억이었다. 두 번 다신 경험하고 싶지 않았다.

- 책 관련 이벤트도 진행하고, 여기저기 연락해서 책도 뿌리고, 홍보 콘텐츠도 열심히 만들고. 다 도움 되는 일이긴 한데, 요즘 너무 그쪽에 빠져있다는 생각이 드네. 우리 회사에 마케터가 없어서 네가 그 영역까지 챙긴다고 고생하는 건 알고 있긴 해. 다만 마케터가 아

넌 편집자라면, 어떤 책을 만들지 고민하는 데 좀 더 초점을 맞춰야 하지 않을까?

당장 새로운 책을 기획할 수 없기에 최근에 나온 책을 홍보하는데 꽤 많은 시간을 투자하고 있었다. 증정 이벤트, 서평 이벤트, 독서모임 지원 이벤트를 진행했다. 페이스북, 블로그, 인스타그램 등 각종 SNS에서 팬이 많은 사람에게 연락해 책을 보내주곤 했다. 그냥 보내면 성의 없이 보일까 봐 책 홍보를 잘 부탁한다는 메시지가 담긴 종이까지 일일이 넣어 직접 우체국에 가서 붙이곤 했다. 편집자 서평을 쓰고, 인터뷰 콘텐츠도 만들었다. 이런다고 많이 팔린다는 보장은 없었지만, 이렇게라도 하지 않으면 책이 정말 안 팔릴 것만 같았다.

- 대표님. 저... 일단은 많이 팔리는 책을 만들고 싶습니다.

대표님의 피드백을 받곤 잠깐 생각에 잠겼다. 예전 같았으면 곧이곧대로 들으며 스스로 반성하고 대표님이 시킨 대로 했을 테지만, 이제는 내 주관이 생긴 걸까, 아니면 그냥 머리가 큰 걸까. 말을 이어나갔다. 대표님, 제가 할 수 있는 마케팅은 모조리 해보려고요. 제가 기획한 책이 많이 팔려서 유명해지는 경험을 한 번쯤 하고 싶습니다. 돈을 많이 벌면 할 수 있는 게 많다고 믿으니까요. 편집자로서 정체성, 방향성은 그 다음에 찾으면 어떨까 해요. 일단 대박 하나 터뜨리고 난 다음에 결정해도 늦지 않을 거 같아요.

   - 뭐, 회사 입장에서 고맙긴 하지만... 이제 정오 앞에서 대출받았다는 얘기 하면 안 되겠네.

   대표님의 대답에 절로 웃음이 나왔다. 이토록 회사를 걱정하는 직장인이 어디 있는가. 이러다 회사 대표가 직원 눈치를 보게 되는 우스꽝스러운 상황이 펼쳐지는 건 아닐까 싶다.
   베스트셀러라 해서 좋은 책이라는 보장은 없다고 확신했다. 내가 좋다고 생각하는 책을 만들면 그 진심을 알아준 독자들이 책을 사줄 거라 믿었다. 돈이 될 만한 것만 쫓아다니는 행위는 속물적이라 여겼다. 그랬던 과거의 나에게 부끄러워졌다. 회사는 원래 돈이 목적인 집단이다. 직장인도 회사가 돈을 벌기 위한 행위를 한다. 좋아하는 일로 밥벌이를 한다는 게 특별한 이유는, 먹고 사는 일에서 재미와 의미 모두를 찾을 수 있기 때문이라 믿었다. 돈 벌기 위해 하는 일이라도, 돈

보다 소중한 걸 발견할 수 있기 때문이라 확신했다. 그런데 고작 1년 만에 돈이 목적이 되어버렸다. 나도 어쩔 수 없는 직장인이 돼버린 걸까.

chapter2 -
저도 편집자는 처음이라

좋은 책이란 뭘까, 좋은 편집자는 과연 어떤 존재일까

"누가 뭐래도 내가 세상 밖으로 꼭 내놓고 싶은 책이 있을 뿐이다. 자신이 만든 책이 세상 그 어떤 책보다 값어치가 있다고 굳게 믿는, 그토록 소중한 책을 보다 많은 사람에게 알리기 위해 열심히 뛰어다니는, 그런 편집자가 있을 뿐이다."

첫 휴가를 다녀오니 내 자리에 책 한 권이 놓여 있었다. 하얀 바탕에 귀여운 느낌의 그림 하나가 표지를 장식하고 있었다. 책등, 뒤표지, 책날개, 목차, 머리글 등을 꼼꼼히 살펴보았다. 다행히 별다른 이상은 없었다. 마지막으로 판권지를 확인했다. '편집' 부분에 내 이름이 적혀 있었다. 그동안 나온 책들도 편집 부분에 내 이름이 있긴 했다. 다만 느낌이 사뭇 달랐다.

이번 책은 내가 처음으로 책임편집을 맡아 만든 단행본이었다. 나로서는 편집자로 데뷔하는 책이자, 편집자 직함을 달고 있는 한 계속 꼬리표처럼 따라다닐 작품이기도 했다.

그만큼 특별한 책이었다. 저자와 어떻게 만났는지, 책 작업 과정에 어떤 일이 있었는지 등 책에 드러나지 않는 많은 이야기가 있었다. 누가 뭐래도 꼭 세상 밖으로 내놓고 싶었던, 세상 그 어떤 책보다 값어치가 있다고 굳게 믿었던 책에 대한 이야기였다.

편집자가 책 만드는 일을 한다는 사실을, 회사에 들어오고 한참이 지나서야 깨달았다. 귀하디 귀한 편집자 직함을 이토록 준비성 없이 달아도 되는 걸까, 스스로 반성해야 할 정도였다. 책을 만들려면 우선 저자를 찾아야 한다. 그런데 도대체 어떻게 찾으란 말인가. 한 번도 해보지 않은 일이라 막막했다. 신문이나 잡지를 봐야 하나, 아니면 블로그나 브런치를 유심히 살펴볼까. 내 주위에 저자가 될 만한 사람은 없을까 싶어 SNS 계정 친구 목록을 훑어보기도 했다. 아, 그 전에 어떤 책을 만들어야 하는지가 우선 아닐까. 그렇다면 나는 어떤 책을 만들고 싶은가. 내가 좋아하는 분야는 철학이나 역사인데, 처음부터 그런 책을 기획하긴 어려울 거 같았다. 그럼 에세이? 그런데 에세이도 여러 종류가 있지 않은가. 머릿속이 점점 복잡해졌다. 아, 어떡하지.

이제 막 일을 시작한 새내기 편집자가 신문이나 잡지

를 통해, 혹은 아는 사람을 통해 저자를 찾는 건 아무래도 어려워 보였다. 다른 방법을 생각했다. 내가 남들보다 잘할 수 있는 게 무엇일까. 지난 대학 시절을 돌이켜보았다. 책과 관련한 각종 모임에 참여하거나 운영한 경험이 있었다. 그럼 글쓰기 모임을 만들어 볼까? 모임을 운영하며 함께 글을 쓰다 보면 작가를 발굴할 수 있지 않을까. 다른 편집자들은 어떻게 작가를 찾는지 몰라도, 나는 나만의 방식으로 열심히 하면 되지 않을까 싶었다.

고민 끝에 글쓰기 모임을 만들었다. 보장된 건 아무것도 없었다. 내가 여기서 출판까지 연결될 만한 콘텐츠를 찾았다 해도 대표님을 설득하지 못하면 그냥 우리끼리의 모임으로 끝날 확률이 높았다. 그럼에도 3개월이라는, 결코 짧지 않은 시간을 투자하기로 했다. 모험이라면 모험이었다.

아직 쌀쌀함이 완전히 가시지 않은 봄, 당시 사무실이 있던 오피스텔은 쓰레기장과 야외 흡연장이 붙어 있었다. 나는 재활용품을 버리러, 대표님은 담배를 피우러 내려왔다. 곧장 올라갈까 하다가 지금이다 싶어 조심스레 입을 열었다.

- 대표님, 제가 글쓰기 모임을 하다가...

보통은 출간 기획안을 작성해서 편집 회의 때 정식으로 제안해야 한다. 적어도 이렇게 사무실이 아닌 공간, 그것도 쓰레기장 혹은 흡연장으로 불리는 이곳에서 출간을 제안하는 건 말도 안 되는 행동이었다. 대체 무슨 생각으로 출간 제안을 그따위로 했던 걸까. 아마 내 판단에 대한 확신이 서지 않아서 그런 게 아니었을까. 아니면 제정신이 아니었을지도 모르겠다. 그나마 포장하자면, 이제 막 일을 시작한 새내기 편집자의 미숙함 혹은 패기에 가까웠다. 그런데 더 황당한 일이 펼쳐졌다. 출간 작업을 진행해도 괜찮다는 답변을 들은 것이다. 그렇게, 내가 첫 책임 편집을 맡게 될 책은 수영의 한 오피스텔 쓰레기장 앞에서 결정되었다.

　출간 작업을 진행해도 된다는 허락을 받은 후 눈에 띄게 바빠졌다. 글쓰기 모임에서 매주 올라오는 글을 보며 잘 읽었다는 댓글을 남기는 것과, 이 글들을 모아 책으로 엮는 작업은 엄연히 달랐다. 이제 독자의 입장이 아니라 편집자의 입장에서 좀 더 냉정하게 글을 바라봐야 했다. 더군다나 원고가 아직 반도 나오지 않은 상황이었다. 넉넉하게 잡으면 4~5개월 후에야 책이 나오는 일정이었다. 원고 관리가 필요했고 출간 기획안 작성도 무척 중요했다. 기획안을 어떻게 잡는가에 따라 전혀 다른 느낌의 책이 나올 수도 있었다. 이 모든 게 새내기 편집자에겐 어려운 과제였다.

그리 평탄하지만은 않았던 과정을 거치며 계획한 날짜에 목표 분량을 채웠다. 목차를 다시금 구성했다. 챕터를 나누고 글의 순서를 짰다. 이 과정에서 몇몇 글이 빠지고 또 추가되었다. 약 4~5개월간의 과정을 거치며 마침내 책 한 권 분량의 원고가 나온 것이다. 내가 편집자 생활을 하면서 봐왔던 경우는 대부분 이 시점에서 출간 작업이 시작되었다. 거기에 비하면 훨씬 오래 걸리고 에너지 소모가 많은 과정이었다. 그만큼 쉽게 경험하기 힘든 일이기도 했다. 무엇보다 첫 책임편집을 맡은 책이라 그런지 모든 순간순간이 특별하게 다가왔다.

사전 홍보 및 초기 출간 비용을 위해 소셜 펀딩을 진행했다. 다행히 목표 금액을 달성하였다. 이후 책이 본격적으로 유통되기 시작했다. 네이버에 검색하면 책 정보가 나왔다. 알라딘, YES24, 교보문고 등 각종 인터넷 서점에 버젓이 '신간'이라는 타이틀을 달고 등록되어 있었다. 그뿐만 아니라 각종 오프라인 서점 매대에도 당당하게 자리 잡고 있었다. 그저 한글 파일 상으로만 보던 글이 실제 책이 되어 나온 것도, 글쓰기 모임 멤버뿐만 아니라 전국에 수많은 독자가 읽을 수 있게 된 것도 모두 신기한 경험이었다. 편집자는 책 만드는 일을 하라고 월급 받는 존재였고, 나는 월급을 받은 만큼 일해서 책을 만드는 존재였다. 나 역시 이러한 자본주의 메커니즘 속에 갇혀 있었다. 그런데 노동자가 자신이 만든 상품을 보고 감격하고 설레다니, 상태가 영 좋지 않았다.

첫 책임편집을 맡은 책인 만큼 우리 출판사에서 나온 그 어떤 책보다 열심히 홍보를 하려 했다. 출간 전, 온갖 감언이설로 작가님께 믿음을 사기도 했다. 하지만 연말이 가까워지자 회사가 눈에 띄게 바빠졌다. 당장 해야만 하는 일이 넘쳐흘렀다. 내가 하고 싶은 일을 하는 건 사치에 가까웠다. 자연스레 홍보 마케팅은 우선순위에서 밀리기 시작했다. 그럼에도 매일 아침 출고 작업을 하며, 내가 책임 편집을 맡은 책이 몇 권 들어왔는지 확인하고, 재고를 체크했다. 내가 만든 책을 찾는 사람들이 있다는 게 그저 신기할 따름이었고 또 고마웠다. 홍보에 쏟아붓는 시간 중 대부분을 이 책에 투자했다. 네가 만든 책만 너무 그렇게 편애하지 말라는 대표님의 얘기에도 아랑곳하지 않고 티 나게 편애했다. 회사 SNS를 보면 온통 내가 책임편집을 맡은 책의 홍보 콘텐츠뿐이었다.

책이 나오고 약 6개월이 지났을 무렵, 두 번째 책임편집 책의 저자와 미팅을 했다. 이후 그 책 작업으로 정신이 없었다. 내가 처음으로 발굴한 저자라고, 내가 편집자로 데뷔하는 작품이라고 우리 출판사에서 나온 그 어떤 책보다 관심과 애정을 쏟아부었는데, 어느새 과거 일이 되었다. 사람의 마음이 이리도 쉽게 변할 줄이야. 아쉽긴 했지만, 하나의 프로젝트가 끝나면 다음 프로젝트로 넘어가는 건 당연한 일이었다. 편집자는 그런 존재였다. 저자 역시 이번 책이 출발점이지, 결코 도착점은 아니었다. 책 기획부터 시작해 출간까지 함께 걷긴 했지만, 이후로는 각자 걸어야 하는 운명이었다. 편집자와 저자가 향하는 곳이 같을 순 없었다.

그럼에도 내가 책임 편집을 맡은 두 권은 묘하게 겹쳤다. 첫 번째 책의 저자가 짧게나마 TV 방송에 출연하는 모습을 보면서 두 번째 책 저자와의 미팅을 준비했다. 첫 번째 책의 저자와 북토크를 진행하며 두 번째 책 소설 펀딩을 준비했다. 첫 번째 책이 아르코 문학나눔도서에 선정되었다는 소식을 들을 때쯤, 두 번째 책 펀딩이 목표 금액을 달성하며 순항하고 있었다. 두 번째 책이 출간을 코앞에 두고 있을 때, 나는 다시금 새로운 출간 아이템을 열심히 찾고 있었다. 하나의 이야기가 마무리되는 시점이면 항상 다음 이야기가 새롭게 시작되곤 했다.

정신없이 일하다 말고 간만에 첫 책임편집을 맡은 책을 집어 들었다. 좋은 책이란 무엇일까. 좋은 편집자는 과연 어떤 존재일까. 책을 처음 기획할 때 좀처럼 끊이지 않았던 고민이었다. 좋은 책을 만들고 싶은데, 좋은 편집자가 되고 싶은데, 그게 도대체 무엇인지 몰라 답답했었다. 그러다 책 한 권의 시작과 끝을 함께하니 그 해답이 어렴풋이 머릿속에 떠올랐다. 좋은 책, 좋은 편집자 따윈 없었다. 다만 누가 뭐래도 내가 세상 밖으로 꼭 내놓고 싶은 책이 있을 뿐이었다. 자신이 만든 책이 세상 그 어떤 책보다 값어치가 있다고 굳게 믿는, 그토록 소중한 책을 보다 많은 사람에게 알리기 위해 열심히 뛰어다니는, 그런 편집자가 있을 뿐이었다.

투고 원고, 다 읽어보고 싶긴 한데...

"원고 투고함에 수십, 수백 통의 작품이 쌓여 있다. 나는 굳게 믿는다. 분명 저 속에 보물이 있을 거라고. 미래의 베스트셀러, 혹은 이 시대를 대표하는 엄청난 책이 꼭꼭 숨겨져 있을 거라고."

회사에 도착한다. 아슬아슬하게 출근 시각을 지켰다. 안도의 한숨을 내쉰다. 사무실에 들어가 선배님께 인사한다. 컴퓨터를 켠다. 그동안 주방으로 가서 차 한 잔을 내린다. 모니터 전원 버튼을 누른다. 모니터가 켜지며 하루 업무의 그 시작을 알린다. 기지개를 켠다. 아, 일하기 싫구나! 어제도 그랬고 이틀 전에도 그랬고 사흘 전에도 그랬고 한 달 전에도 그랬지만, 오늘도 여전히 일하기 싫구나. 월급날까지 얼마나 남았지, 괜히 달력을 들춰본다.

회사 계정으로 로그인한다. 밤새 도착한 메일이 쌓여 있다. 가장 많은 건 도서주문서 팩스다. 오늘은 주문이 많이 들어왔을까. 우리도 모르는 사이, 어떤 아이돌 가수가 자기 SNS 계정에 우리 책을 찍어 올리진 않았을까. 덕분에 도서주문서 팩스에 수백, 수천 권이 팍팍 찍혀 있는 상상을 해본다. 정말 꿈만 같은 일이다. 그럼 한동안은 돈 걱정 안 해도 되고, 우리 가 만들고 싶은 책에 집중할 수 있을 텐데. 허무맹랑한 꿈은 불 과 1분 안에 깨진다. 뭐야, 알라딘에서 겨우 2권, YES24에선 3 권, 심지어 교보문고는 한 권도 없다. 그나마 유통업체에선 이 것저것 해서 15권 들어왔다. 다 합치니까 얼마지... 오늘 성적 이 영 안 좋다. 책이 왜 이렇게 안 팔리는가 싶다. 정말, 책 팔 아서 먹고 살 수 있긴 한 걸까.

출고 작업을 마친 후 나머지 메일을 확인한다. 광고메 일을 제외하면 다음으로 많이 오는 게 원고 투고 메일이다. 다 른 메일과 헷갈릴 수 있으니 우선 '원고 투고' 폴더로 옮긴다. 하나하나 꼼꼼히 살펴보면 좋겠지만, 오늘도 할 일이 산더미 처럼 쌓여있다. 책 만드는 일을 하고 있지만, 투고 원고 검토 가 우선순위에 오는 일은 좀처럼 없다. 이미 만들고 있는 책도 충분히 많고, 작업 예정인 책도 줄을 서 있다. 나도 글 읽는 거 좋아한다. 이왕이면 작가들이 한 땀 한 땀 정성스레 쓴 원고를 여유롭게 읽으며 시간을 보내고 싶다. 앞서 말한 것처럼 한 아 이돌 가수가 우리 회사 책을 SNS에 올려주면 그런 꿈같은 일 이 일어나지 않을까 싶다.

　출판에도 여러 종류가 있다. 돈을 기준으로 생각해보면, 돈을 받고 출판하는 경우와 출판사 차원에서 투자해 출판하는 경우로 나누어진다. 최근에는 기금이나 소셜펀딩 등을 활용해 출판사나 저자가 양자 모두 부담을 줄인 상태에서 보다 안정되게 책을 제작하는 경우도 있다. 전자는 주로 시나 재단, 협회 등 기관과 작업하는 경우가 많다. 그쪽에서 원하는 책을 우리 회사에서 만드는 작업이다. 상업적인 출판이라기보다 하나의 프로젝트 혹은 협업 형태에 가깝다. 회사에서 역제안하는 경우도 있지만 일의 진행과정을 보면, 거칠게 말하면 용역이다. 대부분 총서, 백서, 학술서 등이다. 주로 비매품으로 출간하는 편이고, 유통하는 경우에도 시장 반응이 거의 없는 편이다. 물론 시장 반응이 거의 없다고 해서 그 책이 의미 없다는 얘기는 아니다. 다만 기획출판과는 일의 진행과정이 달라서 긴장감이나 기대감이 떨어지는 것은 사실이다. 자비 출판도 여기에 포함된다. 미리 출판 비용을 지불하거나 책이 나오면 그중 일부를 할인된 가격에 대량 구매하는 형식이다. 또는 시나 재단에서 지원받은 창작기금으로 책을 내기도 한다.

　　출판사에서 1부터 100까지 돈을 투자하는 방식은 흔히 '기획 출판'이라 부른다. 이미 여러 권의 책을 내서 검증된 사람이거나 사회적 권위 혹은 인지도가 있어 책을 냈을 때 최소한의 판매량이 보장되는 사람이라면 출판사에서 과감히 투자한다. 판매량이 보장되니 그만큼 돈을 투자하는 개념이다. 반면 콘텐츠는 좋지만 무명 저자라서 판매량이 보장되지 않은 경우가 있다. 이런 경우 회사 입장에선 일종의 모험에 가깝다. 몇백만 원이나 되는 돈이 오 간다. 좋게 말하면 신인 저자 발굴이요, 나쁘게 말하면 도박이다.

출판사에 투고된 원고로 작업하는 건 마지막 케이스에 가깝다. 오로지 콘텐츠만 보고 일면식도 없는 저자와 출간 작업을 진행하는 건 여러모로 위험 부담이 높은 일이다. 출판사가 돈이 많다면 그 부담을 안고서라도 몇 차례 시도할 수 있겠지만, 결코 만만한 작업은 아니다.

내가 일하는 출판사는 규모가 크지 않아 일 년에 내는 책이 몇 권 되지 않는다. 입사 후 최고로 많이 냈을 때가 약 스무 권 정도였다. 그중 재단 혹은 기관과 작업하는 경우가 가장 많았다. 자비 출판이나 창작지원금 혹은 문예진흥기금을 받아서 내는 경우도 제법 있었다. 반면 위험 부담을 안고 신인 저자를 발굴하여 책을 내는 경우는 거의 없었다. 기껏해야 일 년에 서너 권. 그리고 이 서너 권을 위해, 출판사는 하고 싶지 않은 일로 돈을 벌면서 회사 운영자금과 투자비용을 마련한다. 정말 소중한 기회다. 단 한 번이라도 허투루 쓸 수 없다. 여기서 성과를 내지 못하면 회사는 수천만 원을 손해 보는 셈이다. 한두 번에서 그치면 다행이지만, 몇 번 반복되면 회사가 일시적으로 휘청거릴 수 있다. 편집자 입장에서 자신이 맡은 프로젝트의 성과가 안 좋으면, 자연스레 다음 프로젝트 기획에 많은 제한을 받을 수밖에 없다.

글 쓰는 일은 무척 어렵다. 글쓰기를 아무리 좋아해도 다른 일로 생계 문제를 해결해야 하는 게 대부분이다. 퇴근 후 푹 쉬고 싶은 마음을, 혹은 지인들과 술을 마시며 유흥에 빠지고 싶은 마음을 꾹 누르며 기어코 책상 앞에 앉아 키보드를 두드려야 하는 일이다. 이토록 어려운 일이다. 더군다나 하나의 주제로 책 한 권 분량을 완성하는 건 커다란 도전에 해당하는 일이다. 출간에 대한 그 어떤 확신도 없는 불확실함에 자신의 시간과 에너지를 쏟아붓는 행위는 고결함마저 느껴질 정도다.

다시금 원고 투고함을 확인한다. 이 모든 원고 하나하나가 험난한 과정을 거쳐 우리 회사 메일 보관함까지 왔을 걸 생각하니, 괜히 미안한 기분이다. 어떻게든 시간을 내서 원고를 읽고 싶지만, 지금 하는 일만 해도 충분히 벅차다. 교정 봐야 하는 원고가 저만치 쌓여있고, 이미 나온 책에 대한 마케팅도 제대로 못하고 있다. 이런 상황에서 출간이 불투명한 원고를 읽으며 시간을 보내는 건 사치에 가깝다. 책 제목이 자극적이거나 함께 첨부한 출간기획안이 매혹적이면 퇴근 후에 원고를 읽는 사치를 부리기도 한다. 이마저도 자주 있는 일은 아니다. 메일함에 쌓인 원고 하나하나가 모두 소중한 것은 틀림없다. 다만 그와 별개로 나는 주어진 일을 무사히 해내야 하는 직장인이다. 한정된 시간을 적절하게 분배해야 한다. 하루 이틀 일할 게 아니라면 중간에 지치지 않도록 적당한 선에서 조율해야 한다. 직장인에겐 이런 균형 감각이 필수다. 다만, 이를 철저히 지키다 보면 소중한 걸 놓치는 일이 다반사다. 결국 편집자이기 이전에 직장인이므로, 이 간극 사이에서 늘 맴돌 수밖에 없는 운명이다.

원고 투고함에 수십, 수백 통의 작품이 쌓여 있다. 나는 굳게 믿는다. 분명 저 속에 보물이 있을 거라고. 미래의 베스트셀러, 혹은 이 시대를 대표하는 엄청난 책이 꼭꼭 숨겨져 있을 거라고. 그 보석을 찾아내는 사람이 이왕이면 내가 되면 좋겠지만, 지금 회사 업무도 감당이 안 되는 수준이다. 내게 맡겨진 일도 제대로 해내지 못한 채 마냥 보석만 찾아다닐 순 없는 노릇이다. 내가 아닌 다른 편집자라도 그 보물을 꼭 찾아주었으면 하는 마음이다. 회사가 여유로울 때 원고가 들어온다. 책 내용이 개인의 관심사와 가깝다. 상사를 설득하는 데 성공

한다. 마침 회사 사정도 괜찮다. 경제적으로 여유가 있고 일정도 빡빡하지 않다. 그런 우연과 우연이 몇 번이고 겹친다. 너무나도 이상적인 탓에, 현실에선 일어나기 힘든 일이다.

우리 회사에 투고되었던 작품이 다른 출판사에서 출간돼 베스트셀러 자리에 떡 하니 있는 걸 확인하면, 편집자로서의 자질을 스스로 의심하며 아쉬움에 잠 못 이룰 것만 같다. 어떻게든 시간을 쪼개서 투고 원고를 검토하지 않았던 나의 게으름을, 이 콘텐츠는 반응이 있을 거라며 용기 내 회사에 제안하지 못한 비겁함을, 절실하게 느끼지 않을까. 그래도 세상에 좋은 책 한 권이 더 나온 거니 독자들에겐 좋은 일이다. 내 손에서 나왔다면 베스트셀러는커녕 오히려 그 누구에게도 알려지지 못한 채 묻혔을 수도 있다. 그러니 오히려 잘된 일이다. 나처럼 실력 없는 편집자의 눈에 들지 않아 오히려 잘된 일이다. 그럴 것이다. 그럴 거라, 믿고 싶다.

그저 편집자의 판단만이 있을 뿐이다

"편집자는 그 능력 여하를 불문하고 어떻든 '판단'하라고 월급을 받는 사람이고 판단을 하지 않는다면 사실상 아무 일도 하지 않는 것이다."

공대를 다녔다. 학교에서 배우고 시험 치는 건 대체로 숫자와 관련 깊었다. 예로 들어 냉·난방시스템의 효율을 구하거나, 공간 크기와 사람 수에 따라 필요한 냉·난방 시스템의 개수 등을 구했다. 정답이 정해져 있었다. 제아무리 복잡하고 어려운 계산 문제라도 결국 정답은 숫자로 딱 맞아떨어졌다. 명료함의 세계였다. 이 세계에 몇 년을 머물렀다. 졸업 후 출판사에 들어오니 이전과는 사뭇 다른 세계가 펼쳐졌다.

"예컨대 쉼표 하나, 토씨 하나를 넣고 빼는 일에도 주어진 '정답'은 없다. 그저 편집자의 '판단'이 있을 뿐이다."

편집 일은 단순 오탈자를 잡는 기계적인 업무가 있는 반면, 세상에 없는 무언가를 만들어야 하는 창의적인 업무도 있다. 한 권의 책을 만든다고 했을 때 가장 많은 창의성이 필요한 부분은 바로 책 제목을 짓는 일이다. 저자가 정하는 경우도 많지만, 책 판매와 밀접한 연관이 있는 만큼 편집자가 쉽게 양보하지 않는 영역이다.

　　제목은 책의 첫 느낌을 결정한다. 겨우 단어 몇 개만으로 책을 매력적인 상품으로 만들어야 한다. 조사 하나, 쉼표 하나, 토씨 하나로 느낌이 완전히 달라진다. 책 제목이 무엇이냐에 따라 표지 이미지도, 글의 순서도, 책의 구성도 크게 바뀐다. 이토록 막강한 영향력이 있는 만큼 책임도 무척 크다. 책 내용이 빈약해도 제목을 잘 지어서 베스트셀러가 된 사례가 제법 있다. 반면 좋은 내용이라도 제목이 밋밋해 빛을 보지 못하는 경우도 많다. 그럼에도 어떤 제목이 좋을지, 어떤 제목이 독자의 반응을 끌어낼 수 있는지 예상하기란 불가능에 가깝다. 제목에 따라 책의 운명이 완전히 바뀔 수 있다. 책의 운명에 따라 저자의 삶이 바뀌는 경우도 많다. 어쩌면 책 제목을 짓는 일에 한 사람의 운명이 걸려 있을지도 모른다. 정말, 살 떨리는 일이 아닐 수 없다.

　　제목 다음으로 창의성을 요구하는 영역은 바로 '부제목'이다. 책 제목을 정하는 것만큼이나 중요한 작업이다. 제목이 조금 밋밋하다면, 맛깔 나는 부제목을 통해 책을 살릴 수 있다. 제목이 주는 느낌이 너무 강해서 책을 소개하는 부분이 부족하다면, 책의 기획 의도와 내용을 충분히 아우르는 부제목을 통해 보완할 수 있다.

책 작업은 여전히 많이 남아있다. 책 내부 작업이 정교한 기술로 이루어진다면 책 외부는 화려하고 통통 튀는 기술로 이루어진다. 책의 앞표지는 제목과 부제, 표지 이미지, 폰트, 글자 크기 등으로 느낌이 결정된다. 앞표지가 이미지와 제목, 부제목 등을 통해 자극적으로 유혹한다면, 뒤표지는 프롤로그(머리말) 일부 혹은 책 내용을 대표할 만한 책 속 글귀 등을 통해 비교적 차분하게 유혹한다고 볼 수 있다. 추천사를 받을 수 있다면 이를 적극 활용하기도 한다. 아무래도 앞표지에 비해 친절한 편이다. 앞에서 전달하지 못한 부분을 충분히 보완할 수 있다.

앞표지와 뒤표지는 표지 이미지, 컨셉, 구성, 폰트 크기 등 신경 쓸 게 많다. 아무리 좋은 카피가 있어도 디자인적인 이유로 넣지 못하는 경우도 있다. 이때 적극 활용할 수 있는 게 바로 띠지다. 책의 전체 구성을 해치지 않으면서도 원하는 카피를 넣을 수 있다. 띠지 문구까지 정하면 표지 구성은 마무리된다.

창의성은 여기에서 그치지 않는다. 목차를 구성하는 작업이 남아있다. 저자가 보내준 글의 순서를 그대로 활용할 때도 있고, 편집자가 완전히 뒤집을 때도 있다. 원고를 목차에 맞게 단순히 나열할 때도 있고, 그게 심심하면 간지, 쉬어가는 타임, 팁 등을 활용해 책의 볼륨감을 높일 수도 있다. 여기에 그 어떤 정답은 없다. 가이드라인도 없다. 어떤 선택을 했을 때 그 결과가 수치화되어 나오지도 않는다. 모두 편집자가 판단해야 하는 부분이다.

"'판단'하는 사람에게는 그 판단에 대한 책임이 있다. 판단하기를 꺼린다는 것은 책임지기를 두려워한다는 것이다."

제아무리 유능한 편집자라도 영 밋밋한 제목을 지을 때도 있다. 성심성의껏 생각한 카피가 책을 충분히 소개하지 못하는 경우도 있다. 편집자 경력이 20년, 30년이 되어도 마찬가지다. 늘 완벽함을 추구하지만, 결코 완벽해질 순 없다. 제목이든, 책을 소개하는 카피든, 목차 구성이든, 머리를 쥐어 싸맨 채 오랫동안 고민해 봐도 괜찮은 아이디어가 좀처럼 떠오르지 않는다. 번뜩이는 아이디어가 갑자기 하늘에서 뚝 떨어지는 경우는 단연코 없다. 그저 마감 일정 때문에 어쩔 수 없이 최악과 차악 중에서 간신히 차악을 고를 뿐이다. 자신의 판단이 맞을 거란 보장이 없어도, '그럼에도 불구하고' 스스로를 믿고 과감하게 판단해야만 한다. 결국 편집자는 판단하고, 그 판단에 책임지는 존재인 셈이다.

* 글귀 인용 - 『편집에 정답은 없다』 변정수

만지작만지작, 교정·교열의 세계

"저자의 글을 윤문하면서 보다 나은 상품을 만들 것인가, 아니면 상품의 완성도를 조금 낮추더라도 저자의 스타일 혹은 문체를 전적으로 존중해줄 것인가."

저자에게 원고를 받는다. 아직 누구에게도 공개되지 않은 원고라는 사실이 새삼 특별하게 다가온다. 편집자만의 특권이다. 지금은 한글파일 상으로 있는 이 텍스트가 몇 개월 뒤 실제 책이 되어 나온다니. 돈을 벌기 위해 하는 일이긴 하지만 특별한 무언가가 있다. 어떤 느낌의 책이 만들어질까, 상상의 나래가 펼쳐진다.

환상에 빠져있는 것도 잠시, 이내 교정·교열 작업을 시작한다. 네이버 국어사전에 보면 교정(矯正)은 '틀어지거나 잘못된 것을 바로잡음'이라 쓰여 있다. 교열(校閱)은 '문서나 원고를 읽으면서 잘못된 곳을 고쳐나가는 작업'이라 한다. 결국 공통점은 잘못된 것을 바로잡는다는 것이다. 맞춤법 외에도 내용상으로 문제 될 부분이 없는지 확인한다. 옳고 그름을 따지는 법정은 아니지만 가치 판단을 해야 한다. 흔히 검열(檢

閱)이라 부르는 과정이다. 통상 이 과정을 합쳐서 교정·교열 작업이라 부른다.

교정·교열 작업 중 가장 큰 비중을 차지하는 건 단연 맞춤법이다. 그중 띄어쓰기 오타가 압도적으로 많다. 띄어 써야 하는 부분이 붙어 있거나, 붙어 있어야 하는 부분이 띄어져 있는 경우다. 맞춤법은 고정된 개념이 아닌 사회적 약속이자 합의다. 그 합의 내용을 참고하면 큰 문제가 없다. 의미에 따라 달라지는 부분 혹은 작가의 의도에 따라 달라지는 경우는 저자에게 직접 연락해서 물어보면 된다. 띄어쓰기를 해도 되고 안 해도 되는 경우는 책 내부에서만 하나로 통일하면 된다. 편집자의 기준, 더 나아가 출판사의 기준만 있으면 큰 문제는 없다.

다른 경우도 있다. 타자를 치는 과정에서 잘못 입력했거나 문장을 고치는 과정에서 주어와 동사, 시제 등이 맞지 않는 등 누가 봐도 틀린 건 크게 고민할 필요가 없다. 가치 판단을 할 필요가 없다. 옳고 그름이 확실한 부분이라 곧장 고치면 된다.

고민이 시작되는 지점은, 글이 문법적으로 틀리진 않았지만 읽기에 어색한 경우다. 예를 들어 문장의 길이가 너무 길면 주어와 동사 찾기가 어렵고 이해 전달이 어렵다. 접속사와 조사 사용이 많으면 글이 지저분해 보인다. 수식어가 지나치게 많고 화려하거나 수동형 표현을 많이 쓰면 글이 난해해 보인다. 이러한 글을 발견하면 손이 근질거린다. 긴 문장을 두세 문장으로 나누면 글이 훨씬 좋아질 것 같다. 단어 사이에 쉼표 하나만 추가해도 의미가 명확해지고 글이 확 살 것만 같다. 접속사, 조사 사용을 조금만 줄여도 글이 훨씬 깔끔하고 담백해질 것만 같다. 하지만 그 순간 교정·교열의 영역을 넘는다. 틀린 것을 바로잡는 걸 넘어 글을 고치는 '윤문' 작업이 되는 셈이다.

책은 엄연한 상품이다. 출판사는 작가의 글을 가공해 상품으로 만들어 독자에게 판매한다. 아무 결함이 없는 상품을 만드는 건 어렵지만, 독자를 최대한 배려하며 제작해야 한다. 바로 이 지점에서 부딪힌다. 저자의 글을 윤문하면서 보다 나은 상품을 만들 것인가, 아니면 상품의 완성도를 조금 낮추더라도 저자의 스타일 혹은 문체를 전적으로 존중해줄 것인가.

이 부분은 출판사마다 혹은 편집자마다 확고히 나누어진다. 상품성을 높이기 위해 편집자가 저자의 글을 적극적으로 손대는 경우가 있다. 이 과정에서 저자와 치열하게 다투기도 한다. 그렇다고 편집자가 수정한 글이 더 낫다고 함부로 평가하긴 어렵다. 그 탓에 쉽게 결론이 나지 않는다. 아무튼 편집자가 원고를 많이 수정하는 건, 작가가 가진 고유한 권한 혹은 예술성보다 작품성, 상품성에 초점을 맞춘 선택이다. 그 결과 독자는 가독성이 높아진 글을 술술 읽을 수 있다. 반면 독자가 이해하기 어려운 부분 혹은 오해의 소지가 있는 부분을 제외하면 작가의 글을 그대로 두는 경우가 있다. 작가와 큰 트러블은 없다. 출간 이후 문제가 생길 여지가 적다. 작가의 예술성에 초점을 맞춘 선택이다. 그 결과 저자와는 문제가 없지만 독자의 불만이 쌓일 가능성이 높다.

　　글에는 정답이 없다. 그런 글이 모여 상품으로 만들어진 책 역시 정답이 없다. 그런 책을 만드는 출판사 역시 정답을 구하는 회사가 아니다. 옳고 그름의 문제가 아닌 가치 판단의 문제에 빠질 땐, 최선이 아닌 차선을 선택하는 경우가 다반사다. 하나를 선택하면 다른 하나는 가질 수 없다. 작가가 쓴 글을 가공해 독자에게 전달하는 역할을 하는데, 난데없이 작가와 독자 중 하나를 선택하는 난감한 상황에 이르는 셈이다. 이러한 선택마저 정답이 없는, 이곳이 바로 교정·교열의 세계다.

그만 울컥하고 말았다

"내가 돈을 벌거나 사회적인 인정을 받는 최고의 방법은 아닐지라도, 열악한 환경 속에서도 꿋꿋하게 이 길을 걸어가게 만드는 최고의 원동력임은 분명했다. 내 직함인 편집자는 이런 일을 하는 존재였고, 내가 만드는 책이라는 상품은 이토록 깊은 의미가 담겨 있었다. 이 모든 것이 내 울컥함의 이유였다."

아직 정식 계약을 하지 않았던 새내기 편집자 시절, 여느 날과 다름없이 SNS를 하며 시간을 죽내고 있었다. 그러다 재미난 글을 하나 발견했다. 운동과 여성, 페미니즘을 한데 묶어 글로 풀어낸 콘텐츠였는데, 신선하고 흥미롭게 다가왔다. 이후 막연하게 생각했다. 이 콘텐츠를 묶어 우리 회사에서 출판해보면 어떨까, 내가 책임 편집을 맡으면 어떨까 하는.

시간이 제법 흘렀다. 당시 눈여겨봤던 콘텐츠는 꾸준히 올라오고 있었다. 분량이 제법 쌓여 있었다. 편집회의 때 공식적으로 제안했고 다행히 대표님께 허락을 받았다. 될지 안될지 몰라도 일단 연락을 한 번 해보기로 했다. 이메일 주소를 찾지 못해 결국 작가의 SNS 계정으로 메시지를 보냈다. 출간 제안 글을 장황하게 보낸 후 답장을 기다렸다. 며칠 후 답장이 왔다. 출간이 결정되었다. 나도 모르게 홀로 소리를 질렀다. 이런 식으로 책을 기획할 수 있다니!

팬심으로 꾸준히 구독하던 글을 내가 편집을 맡아 세상 밖으로 내놓을 수 있게 된 것도, 일면식도 없던 작가님과 책을 매개로 함께 작업할 수 있게 된 것도, 이렇다 할 경력도 성과도 없는 새내기 편집자가 이름 있는 미디어에서 글을 연재 중인 필진을 컨택하여 출간 승낙을 받은 것도, 모두 놀라운 일이었다. 돈을 번다고 하고 싶지 않은 일로 가득 채워야 했던, 정말 내 인생에서 가장 바빴던 시기라 할 수 있는 연말이 지났다. 한 해의 끝자락, 대표님과 서울에 올라가 작가님과 첫 미팅을 가졌다. 새해가 밝았다. 출간 작업을 코앞에 두고 있었다.

어느 날 출근해서 회사 SNS에 접속하니 메시지가 두 개 와 있었다. 무슨 내용인가 싶어 확인하니, 왜 이런 책을 출간했냐는 항의 내용이었다. 거기에 기사 링크가 하나 있었다. 한 신문에서 우리 출판사 도서를 다루고 있었다. 몇 개월 전에 나온 소설이었는데, 일부 표현에 문제가 있다며 지적하고 있었다.

이후 시곗바늘이 빨라졌다. 회사에서 문제를 인식했

을 땐 이미 회사 SNS 및 메일에 온갖 항의가 쏟아지고 있었다. 다음 날 작가와 출판사 측에서 각각 대응을 했지만 오히려 더 큰 논란을 불러일으켰다. 수많은 언론사에 우리 출판사의 이름이 오르내리기 시작했다. 시간이 갈수록 상황이 더욱 악화되었다. 회사 업무가 중단되었다. 대표님은 관련 시민단체 및 지인 등에게 계속 자문을 구하며 이후 대응을 고민했다.

　　　많은 것이 엉키고 있었다. 어제까지만 해도 별문제 없이 잘 다니던 회사는 순식간에 '망해야 하는 출판사'로 낙인 찍혔다. 내가 이 회사 소속이라는 사실은 늘 자부심을 주었지만, 이제는 감춰야 하는 것이 되어버렸다. 그동안 어떤 책을 출간했는지 여부와 상관없이 우리는 '여혐 출판사'가 되어야만 했다. 교정 단계에서 문제가 된 부분을 걸러내지 못한, 사태 이후 올바른 대응을 하지 못한 결과였다. 그 대가로 내게 꿈의 공간이었던 회사는 저주의 공간이 되어야만 했다.

　　　주말 저녁, 작가님께 연락이 왔다. SNS를 하다가 우연히 소식을 접했다고 했다. 출간 여부를 다시금 검토할 수밖에 없었다. '여혐 출판사'로 낙인찍힌 곳에서 '페미니즘 도서'를 출간하는 건 출판사와 작가 모두에게 부담되는 일이었다. 꽤 오랜 시간 얘기를 나누었지만 좀처럼 결론이 나지 않았다.

그저 이런 논란을 일으켜 죄송하다는 말밖에 할 수가 없었다.

시간이 지나도 상황은 좀처럼 나아지지 않았다. 책 출간에는 짙은 안개가 드리웠다. 출판사 측에서 먼저 제안한 만큼, 작가님이 책을 못 내겠다고 하면 어쩔 도리가 없었다. 여기저기서 우리 출판사 출간 리스트가 돌아다녔다. 이번 사태와 관련한 각종 SNS 포스팅에 '불매'라는 단어가 심심찮게 등장했다. 출판사 자체가 크게 흔들리고 있는데 책 한 권을 내느냐 안 내느냐는 상대적으로 자그마한 이슈였다. 하지만 그 이슈를 처음부터 끝까지 기획하고 애타게 기다리며 잔뜩 기대했던 나로서는 그 무엇보다 큰 문제였다.

SNS에 올라온 기사를 보고 흥미를 가졌을 때부터 약 1년이 흘렀다. 6개월이나 지켜보다가 컨택을 했고, 이후 출간이 결정되었다. 약속한 원고 분량을 채운다고 또 6개월을 기다렸다. 돈을 벌기 위해 하고 싶지 않은 일을 하며 꾹 참고 버텼다. 그제야 내가 그토록 공을 들였던 일을 할 수 있게 되었는데, 이대로 엎어지는 걸까. 나의 모든 노력이 허사가 되는 걸까. 그렇다고 작가님께 무작정 작업을 진행하자고 큰소리칠 수 있는 입장도 아니었다. 그저 이 상황을 지켜볼 수밖에 없었다. 회사에 들어오고 처음으로 느껴보는, 어쩌면 진로 문제에 있어 커다란 영향을 줄 것만 같은 무기력함이었다.

상황은 점점 악화되고, 꼬일 대로 꼬인 회사 일이 산더미처럼 불어나고 있었다. 모든 게 엉망이었다. 회사는 흔들리고 그 속에 있는 나는 더욱 크게 흔들렸다. 회사 일에 대한 의욕이 점점 사라졌다. 나는 왜 지금 이 일을 하고 있는 걸까. 이제까지 단 한 번도 해보지 않았던 생각들이 머릿속을 뒤덮었다. 작가님과 자주 연락을 주고받았지만 여전히 진척은 없었다. 시간이 흐를수록 불길한 예감이 드리웠다. 이번 출간 계획은 엎어질 가능성이 현저히 높았다. 역시 내가 하는 일이 그렇지, 뭐. 안 될 놈은 안 되는구나. 그냥 작가님께 내가 먼저 말씀드릴까. 도저히 안 되겠다고. 정말 죄송하다고. 원고 분량이 충분히 쌓였으니 우리 회사보다 더 좋은 출판사에서, 나보다 더 좋은 편집자 만나서 꼭 멋진 책 출간할 수 있으면 좋겠다고, 그럼 꼭 사보겠다고. 그렇게 무기력함에 빠져 있을 때, 작가님께 연락이 왔다.

- 논란이 없었다면 더 좋았겠지만… 일이라는 게 원래 마음먹은 것처럼 되진 않으니까요. 원래 계획했던 대로 한 번 해봐요!

생각지도 못한 작가님의 얘기에 화들짝 놀랐다. 다 꺼

져가던 불씨가 살아나 활활 타올랐다. 책을 낼 수 있게 된 것이다. 우리 출판사를, 그리고 나를 끝까지 믿어준 작가님께 연거푸 고마움을 표현했다. 책 정말 열심히 만들고, 마케팅도 무지 열심히 하겠습니다! 작가님이 그 어떤 무리한 요구를 해도 들어줄 기세였다. 다시금 일정을 조율했다. 애초에 기획한 펀딩부터 발간 날짜, 출간 후 마케팅 등에 관한 얘기를 주고받았다. 전화를 끊었다. 온몸에 힘이 빠지는 느낌이었다. 가슴 속에서 무언가가 올라왔다. 옆에 대표님과 디자이너가 있어 차마 내색하지 못했다. 애써 홀로 삭힐 뿐이었다.

　　　이 책 한 권이 뭐라고 이리 호들갑인가. 책이 나오면 무조건 베스트셀러가 되는 유명 작가와 작업한 것도 아니었다. 지역의 자그마한 출판사에서 나온 무명 저자의 작업물. 책이 나오면 나오는 대로 홍보를 위해 머리를 쥐어짜야만 했다. 책이 잘 팔릴 거라는 그 어떤 보장도 없었다. 사회적 지위가 높거나 유명 저자가 아니면 이렇게 출판사에서 먼저 연락해 출간을 제안하는 경우는 드물었다. 회사 메일함은 원고 투고가 하루에도 몇 개씩 들어왔다. 책 만드는 게 그렇게까지 특별하거나 고귀한 일은 아니었다. 다 떠나서, 어차피 회사 일이었다. 이번 책이 잘 팔린다고 내가 돈을 더 받는 것도 아니었다. 아쉽긴 하지만 목숨을 걸 필요는 없었다. 다른 콘텐츠를 찾으면 될 일이다. 지금이야 첫 번째, 두 번째 책임편집이니 그렇지, 열 권쯤 넘어가면 나의 두 번째 책임편집 책이 무엇이었는지 기억도 안 날 테다.

편집자는 자신이 기획하고 발굴한 콘텐츠로 사회에 목소리를 내는 존재였다. 이번 책은 내가 내고자 했던 목소리였다. 비록 내가 직접 쓴 글은 아니지만, 오히려 직접 쓸 수 있는 거라면 구태여 다른 사람의 입을 빌려 말할 이유가 없었다. 그렇기에 특별했다. 저자를 발굴해서 그동안 존재하지 않았던 새로운 이야기를 세상 밖에 드러내는 것. 비록 월급 받고 일하는 존재였지만, 특별한 무언가가 있다고 믿었다. 어차피 수많은 업무 중 하나이고 일의 특성상 시간이 지나고 다른 일을 하다 보면 쉽게 잊히기 마련이었다. 다만 책은 시간이 지나면서 가치가 더해질 수도 있는 상품이었다. 내가 돈을 벌거나 사회적인 인정을 받는 최고의 방법은 아닐지라도, 열악한 환경 속에서도 꿋꿋하게 이 길을 걸어가게 만드는 최고의 원동력임은 분명했다. 내 직함인 편집자는 이런 일을 하는 존재였고, 내가 만드는 책이라는 상품은 이토록 깊은 의미가 담겨 있었다. 이 모든 것이 내 울컥함의 이유였다.

펀딩이 성공적으로 마무리되었고 책이 무사히 나왔

다. 다만 애초에 생각했던 마케팅을 제대로 못하고 있었다. 우선 회사 일이 계속 바빴고 연초에 큰일을 겪고 나니 긴장이 풀렸는지 처음의 그 의욕이 사라졌다. 인터뷰 콘텐츠도 만들고 편집 일기도 쓰고 여기저기 홍보 메시지도 보내고 다양한 이벤트도 진행하기로 했는데... 어쩌지. 책이 나오기만 하면 무지 열심히 홍보하겠다며 작가님께 큰소리를 떵떵 쳐놓았는데, 이래서는 우리 출판사에서 나온 다른 책과 별 다를 바가 없다. 왠지 첫 번째 책임 편집 책도 비슷한 상황이었던 거 같다. 이 정도면 상습범이다.

　　- 작가님이 제안해주신 마케팅 방법이 좋긴 한데... 회사도 요즘 많이 바쁘고, 비용도 많이 들어서... 좀 더 나은 방법이 없나 고민해보겠습니다! 아, 지금 회의 들어가야 해서, 나중에 다시 연락드리겠습니다.

　　화장실에 들어갈 때 마음과 나올 때 마음이 다르다고 하지만, 이 정도면 사기꾼이다. 물론 일부러 열심히 안 하는 것도 아니고, 이래저래 사정이 다 있었다. 하고 싶은 것과 할 수 있는 것은 엄연히 달랐다. 비용이 발생하는 마케팅의 경우 더더욱. 우리를 끝까지 믿고 어려운 결정을 해 준 작가님께 죄송하고 또 죄송한 마음뿐이지만, 이런 마음을 가진다 해서 회사의 바쁨이 사라지는 것도, 마케팅 비용이 뚝딱 생기는 것도, 기적처럼 책이 잘 팔리는 것도 아니었다. 아, 정말 어렵구나. 이렇게 또 출판사와 작가님 사이에서 끼어버렸다. 회사가 막대한 비용을 들여가며 힘을 줄 기회는 거의 없었다. 반면 돈을 쓰면서 힘을 주고 싶은 책은 많았다. 그런데 효과는 전혀 보장되지 않는다. 그야말로 불확실함의 세계, 그 자체다. 더군다나 나는 마케터가 아니라 편집자인데, 왜 이런 고민까지 해야 하는가. 참으로 어렵구나!

최종 교정, 그 살벌한 세계 속에서

"그 어떤 오탈자도 없길 바라지 않는다. 다만 그것들이 치명적인 오탈자가 아니길, 독자들의 눈에 잘 띄지 않는 오탈자이길 바랄 뿐이다."

저자에게 원고를 받으면 우선 한글파일 상으로 1차 교정을 본다. 세세한 부분보다 큰 틀에서 보는 편이기에 기본 교정이라 부르기도 한다. 목차 순서에 맞게 원고가 제대로 배치되었는지, 큰 오탈자는 없는지 등을 확인한다. 각종 기호 및 부호를 통일한다. 이 단계에서 책 내용을 구체적으로 파악하긴 어렵다. 한글파일 자체적으로 맞춤법이 틀린 경우 빨간 줄이 그이기에 이를 적극 활용할 수 있지만, 정확하게 못 잡아내는 경우도 많다. 그야말로 '큰 것들' 위주로 보는 단계다.

그렇게 정리한 원고를 디자이너에게 넘기면 본격적으로 편집 디자인 작업이 시작된다. 인디자인 프로그램으로 한글파일 상에 있는 글을 책 판형에 맞춰 옮기는 과정이다. 간혹 글이 밀리거나 글자 크기가 달라지거나 글이 중복되는 등 사고가 발생하기도 한다. 이렇게 1차 편집본이 완성된다.

디자이너와 저자 사이에 이 편집본이 여러 번 오간다. 이미 최종원고라며 보내긴 했지만 처음부터 끝까지 꼼꼼히 살펴보면 수정할 부분이 제법 많다. 디자인이나 구성이 마음에 들지 않을 경우 작업 기간을 고려해, 적절한 타협점을 찾기도 한다.

저자 쪽에서 '이렇게 인쇄 들어가도 괜찮다'라는 OK사인이 최종적으로 떨어진다. 그렇다고 인쇄에 곧장 들어갈 수 있는 건 아니다. 최종 교정이 남아 있다. 인쇄 제작에 들어가기 전 마지막 관문이다. 이제까지 봤던 교정과 차원이 다른 수준이다. 여기서 잡아내지 못한 실수는 더 이상 만회할 기회가 없다. 책을 한 번 찍을 때 보통 1,000부를 제작하니, 하나의 실수가 곧 1,000권의 책에 고스란히 반영되는 셈이다.

커피를 진하게 한 잔 내린다. 마음을 단단히 먹는다. 최소 몇 시간은 이 작업에 온전히 집중해야 한다. 사람이라면 누구나 실수를 하는 법이다. 이 세상에 오탈자 하나 없는 완벽한 책은 거의 없다. 최종 교정은 누구나 할 수 있는 실수를 최소한으로 줄이는 작업이다. 완벽함은 불가능하지만, 완벽함을 위해 발버둥 쳐야 하는 일이다. 그렇기에 고도의 집중력이 필요하다. 경각심을 가져야 한다.

우선 표지를 꼼꼼히 본다. 표지에 있는 오탈자는 치명적이다. 다른 부분에 있는 오탈자는 2쇄 때 수정해서 반영하거나 다른 방법을 찾을 수 있지만, 표지만은 예외다. 오탈자를 발견하는 즉시 책을 새로 찍어야 하는 경우가 많다. 그 어떤 실수도 용납되지 않는 영역이다. 제목과 부제, 뒤표지 문구, 책의 앞날개와 뒷날개까지 유심히 본다. 이상이 없으면 내지로 넘어간다.

내지에서 가장 유심히 봐야 하는 부분은 단연 목차다. 소제목에 오타가 없는지, 목차에 명시된 순서 및 페이지와 실제 순서 및 페이지가 일치하는지 등을 확인한다. 가장 많이 일어나는 사고는 글의 순서가 다르거나 제목과 실제 해당 페이지 소제목이 다른 경우다. 이것도 큰 사고에 속하는 편이다. 다음으로 머리말, 나오는 말 등 책의 앞뒤를 장식하는 글을 세삼하게 들여다본다. 사람들이 서점에서 책을 집었을 때 표지 다음으로 가장 많이 보는 부분이기 때문이다. 그 외 판권지에 기재된 정보를 본다. 발행일이 맞는지, 책 제작과 관련해 기입된 정보가 정확한지 등을 확인한다.

표지와 목차, 머리말, 나오는 말 등 확인이 끝나면 우선 한숨을 돌린다. 치명적인 사고가 발생할 가능성이 현저히 줄었기 때문이다. 하지만 아직 책 내용에 관한 건 시작도 하지 않은 상태다. 큰 틀에서 작업이 끝났을 뿐이다. 이 과정은 앞으로의 작업에 대한 하나의 척도가 될 수도 있다. 여기서 수정할 게 많았다는 건 본문에서도 오탈자가 많을 수 있음을 의미하기 때문이다.

　본문 작업을 본격적으로 시작한다. 교정은 책을 편하게 술술 읽는 것과는 사뭇 다른 작업이다. 독서는 말 그대로 책을 읽는 행위이지만 교정은 본문 속 오탈자를 찾는 일이다. 책 내용에 너무 빠져들어 이야기를 따라가다 보면 본연의 역할을 놓치기 쉽다. 내용이 재미있는지, 표현이 좋은지 등을 고려하기 시작하면 집중력이 흐트러지기 쉽다. 이 책이 어떤 내용이든 텍스트 자체의 문법적인 옳고 그름을 따져야 한다. 독자들이 몰입할 수 있도록 재미난 이야기와 표현 등으로 무장한 글을 주어 동사의 일치, 시제의 일치, 적절한 띄어쓰기 등에 초점을 맞춰 세심하게 확인해야 한다는 의미다.

　따분하면서도 시간이 오래 걸리는 작업이다. 일반 교정도 만만치 않은데 그 앞에 '최종'이라는 단어가 붙으니 그 무게감이 훨씬 커진다. 독자가 이 책을 만나기 전 마지막으로 점검하는 최후의 관문이다. 단순 오탈자를 기계적으로 수정하기도 하고, 애매한 지점은 편집자가 판단하기도 하며, 관용 표현의 범위마저 자체적인 기준으로 결정해야 한다. 이보다 고된 작업이 어디 있을까 싶다. 문제는 편집자가 이런 고된 작업을 하라고 월급을 받는 존재라는 사실이다.

최종 교정이 끝난 파일을 디자이너에게 넘겨준다. 최종 인쇄 파일을 받는다. 수정이 모두 반영되었는지 마지막으로 점검한다. 인쇄 결정이 떨어진다. 인쇄소에 작업 파일을 넘긴다. 인쇄 제작에 들어갔다는 답변을 듣는다. 한 번 더 볼 걸 그랬나, 괜히 불안해진다. 눈이 빠지도록 봤지만, 확인하지 못한 오탈자가 여전히 득실거릴 게 분명하다. 그 어떤 오탈자도 없길 바라지 않는다. 다만 그것들이 치명적인 오탈자가 아니길, 독자들의 눈에 잘 띄지 않는 오탈자이길 바랄 뿐이다.

인쇄 제작이 끝난 책은 곧장 창고에 입고된다. 사무실로 책을 몇 부 내린다. 떨리는 마음으로 책을 확인한다. 책 표지부터 목차와 머리말, 나오는 말을 다시금 확인한다. 이후 본문을 천천히 훑어본다. 체크하지 못한 오탈자가 또 보인다. 체크해두었다가 2쇄 때 수정 반영하기로 한다. 큰 사고가 없으면 작업이 일단락된다. 힘이 빠진다. 이토록 살벌한 세계에 오래 있다 보면 정신 건강에 안 좋을 것만 같다. 매번 수명이 단축되는 느낌이다. 누가 이 노고를 알아줄까. 글은 작가가 썼고 디자인은 디자이너가 했다. 내가 한 일은 거의 드러나지 않는 것 같다. 그러다 판권지에 적힌 내 이름을 우연히 발견한다. 이 책의 편집을 맡은 사람은 누가 뭐래도 나다. 내 이름 석 자가 뚜렷이 적혀있다. 보이지 않는 곳에서 그 누구보다 치열하게 내 역할을 했음을 증명하는 흔적이다.

　　　내 노력이 드러나지 않아도 좋다. 별 사고 없이 책이 나온 것만 해도 만족한다. 아무쪼록 많은 독자가 이 책을 읽어주었으면, 더 나아가 이 책을 통해 각자의 삶에 있어 조금이라도 긍정적인 영향을 받길, 소박한 바람을 가져 본다.

대표님, 보도자료 초안입니다

"보도자료에 따라 같은 책이라도 수십만 권이 팔리는 베스트셀러가 될 수도, 아니면 소리소문없이 사라질 수도 있다."

최종 인쇄 넣었다는 디자이너의 말에 절로 안도의 한숨이 나온다. 이제 책은 인쇄제작에 들어갔다. 내 손을 완전히 떠난 셈이다. 걱정해봐야 달라지는 건 없다. 그저 별 사고 없이 무사히 나와 주길 바랄 뿐이다. 한시름 돌리는가 싶지만, 책이 나오는 동안 땡까땡까 놀 수는 없다. 기획에서 시작해 마케팅까지 이르는 그 멀고도 먼 여정 중 겨우 전반전이 끝났다. 책 인쇄와 함께 후반 작업을 본격적으로 준비해야 한다. 그 시작은 바로 보도자료 작성이다.

보도자료는 쉽게 말해 책 소개 자료다. 인터넷 서점에 들어가 책을 클릭하면 '책 소개' 혹은 '출판사 서평'이라 적혀 있는 부분이다. 매년 수만 종의 책이 출간되고 있다. 서점 담당자들이 모든 책을 꼼꼼히 다 읽고 독자들에게 친절히 소개하면 가장 좋겠지만, 불가능에 가까운 일이다. 애정의 문제라기보다 물리적인 시간과 에너지의 한계다. 이러한 이유로 온·오프라인을 막론하고 서점 담당자는 대부분 출판사에서 보내주는 보도자료를 기준으로 책을 평가하는 편이다. 어떤 책을 밀어주고 어떻게 다룰 것인지, 철저히 마케팅의 관점에서 판단한다. 마찬가지로 신간을 소개하는 언론 역시 보도자료를 적극 활용한다. 책을 전혀 읽지 않아도 보도자료만 잘 활용하면 신간 소개 기사 몇 개쯤은 뚝딱 작성할 수 있을 정도다. 이처럼 보도자료의 힘은 막강하다고 볼 수 있다. 보도자료에 따라 같은 책이라도 수십만 권이 팔리는 베스트셀러가 될 수도, 아니면 소리소문없이 사라질 수도 있다. 출간 프로세스의 기본적인 과정이기도 하면서 중요한 작업인 셈이다.

우선 보도자료 양식 파일을 연다. 표지 이미지를 넣는다. 책 제목부터 저자, 판형, 페이지 수, 가격, ISBN 등을 차례로 넣는다. 저자 소개, 목차, 추천사 등을 정리하며 우선 보도자료의 전반적인 틀을 만든다. 모양은 그럴싸하지만 아직 알맹이가 없다. 이제 내용을 본격적으로 채워야 한다. 텅 빈 백지 위 마우스 커서가 깜빡인다. 대체 뭘 써야 할까, 고뇌가 시작된다.

보도자료 작성은 무에서 유를 창조하는 작업은 아니다. 책에 이미 쓰여 있는 글을 활용하여 작성하는 경우가 많다. 작가가 왜 이 책을 썼는지, 어떤 내용을 어떻게 다루고자 했는지, 어떤 메시지를 던지고 싶은지 등을 전달해야 하는데, 이 내용은 대부분 머리말 혹은 나오는 말에 고스란히 담겨 있다. 편집자에겐 최고의 소스인 셈이다. 저자가 책 내용과 전혀 관련 없는 이야기만 구구절절 늘어놓았거나 중언부언으로 가득한 경우 편집자 입장에선 눈앞이 아득해진다. 보통 유에서 유를 창조하는 편인데, 정말 무에서 유를 창조해야 하는 상황이 펼쳐지기 때문이다.

괜찮은 소스가 있더라도 보도자료를 작성하는 과정은 쉽지 않다. 작가들의 피땀 어린 책을 고작 한두 페이지 안에 소개해야 한다. 최대한 객관적으로 써야 한다. 정보 전달 및 홍보에 초점을 맞춰야 한다. 보도자료는 서평 혹은 독후감상문과 엄연히 다른 글이다. 책을 소개한다는 본연의 목적에 소홀하면 안 된다. 개인의 감상평은 개인이 간직해야 한다. 그렇지 않으면 제품 사용 설명서에 제작자의 개인 후기가 담겨 있는 꼴이다. 다만 정보 전달에만 초점을 맞추다 보니 밋밋하다. 임팩트가 없다. 가전제품의 사용설명서라면 단순히 제품의 기능과 작동방법만 철저히 설명해주면 된다. 그런데 이건 책이 아닌가. 여기서 편집자의 고뇌가 시작된다. "심플하면서도 개성 있게"와 비슷하다. 물론 이런 느낌 따윈 존재하지 않는다.

작품을 충분히 소개하면서 저자의 마음에 들어야 한

다. 독자가 흥미를 가질 수 있도록 자극적인 카피, 공감할 만한 문구도 끊임없이 고민해야 한다. 이 사이에 편집자의 욕망, 편집자의 문체 따위가 비집고 들어갈 틈은 없다. 그럼에도 처음부터 끝까지 편집자가 써야 한다. 엉망이면 편집자의 책임이다. 보이진 않지만 뒤에서 항상 노력하고 책임져야 하는 존재가 편집자라고 했던가.

글 쓰는 일을 하게 되어서 좋긴 했다. 분명 좋긴 한데, 모든 종류의 글쓰기가 마냥 즐겁고 행복하지만은 않다. 이 당연한 사실도 모르고 지금의 직업을 선택했을 리는 없다. 이게 어려워서 진로 고민을 다시금 하게 될 일도 없을 테다. 그 정도는 아니다. 다만, 보도자료 쓰는 일이 이토록 어렵다는 것이다, 무진장!

몇 번이나 썼다가 지우고, 고민하고 또 고민하길 반복해서 간신히 초안을 토해냈다. 하지만 대표님 손에 들어가면 형체를 알아볼 수 없을 정도로 뜯어 고쳐질 테다. 내 손에서 나오는 글은 매번 이런 식이다. 늘 가혹한 운명을 맞이한다. 이제 일정상 대표님께 초안을 건네야만 한다. 아니면 책이 작가님께 전달되었는데도 인터넷에 검색이 안 되는 사태가 발생한다. 힘들게 만든 책인데 끝까지 잘 마무리해야 하지 않겠는가.

쭈뼛쭈뼛, 발걸음이 참 무겁다. 언제쯤 이 일에 능숙해질까.

　　- 대표님, 보도자료 초안입니다.

　　맥주 한잔이 간절해지는 순간이다. 퇴근하면 곧장 마
시러 가야겠다.

p.s

보도자료 작성법은 출판사마다, 편집자마다 차이가
있다. 머리말 혹은 나오는 말을 참고해서 작성하는 경
우도 있고, 본문 내용을 구체적으로 소개하는 경우도
있다. 또한 작가에게 직접 써달라고 부탁할 때도 있
고, 작가 인터뷰를 통해 작성하는 경우도 있다고 한
다. 위에서 언급한 건 어디까지나 내가 일하는 출판사
가 쓰는 방법이다.

이상만으로 일할 수 없다

'이상만으로 일할 수 있는 사람은 이 세상에 얼마나 있을까.
좋은 작품을 만드는 것에만 집중할 수 있다면 얼마나 행복할까.'

- 일본 드라마 〈중쇄를 찍자〉

여기저기 메일을 보낸다. 보고서를 작성한다. 전화를 주고받는다. 회사 행사가 있는 날이면 이것저것 물품을 준비한다고 시간을 뺏긴다. 퇴근과 동시에 다시금 행사장에 출근한다. 가끔은 택배 포장으로 반나절을 보내기도 한다. 하루 종일 미팅만 하다 퇴근하는 날도 있다.

연말이면 바쁜 나날이 기다렸다는 듯 펼쳐진다. 책 만드는 일보다 다른 일을 많이 한다. 그나마 조금씩 하는 책 만드는 일조차 '만들고 싶은 책'보다는 '만들어야 하는 책'이 많다. 책 만드는 일이 항상 즐거울 거라는 생각은 허상에 불과했다. 출판사에 들어오면 항상 자신이 좋아하는 책을 만들 수 있을 거라는 기대도 환상에 불과했다. 그런 순간이 영 없는 건 아니지만, 대체로 그렇지 않을 때가 많다.

생각해 보면 전혀 이상할 게 없는 일이다. 회사는 돈이 있어야 운영된다. 직원은 돈을 벌어야 한다. 회사는 직원의 취향을 만족시키거나 개인의 자아실현을 위해 존재하는 집단이 아니다. 오히려 철저하게 이익을 추구하는 집단이다. 출판사라고 해서 특별한 건 없다. 출판사는 책을 만들어 판매한 수익으로 돌아가는 기업이다. 편집자 역시 그러라고 월급을 받는 존재다. 만약 회사가 공익적인 목적만을 우선시하며 돈 버는 데 관심이 없다면 금방 망하고 만다. 오히려 문화예술 영역에도 애매하게 발을 걸치고 있기에 환상에 빠지기 쉽다. 대표적인 착각은 바로, 좋은 마음을 담아 만들면 잘 팔릴 거라는 환상이다.

내가 생각하는 좋은 책을 만든다. 진심을 알아준 독자들이 책을 구매한다. 책이 인기를 얻으며 출판사 매출이 올라간다. 이제 돈 걱정을 하지 않으며 만들고 싶은 책을 기획할 수 있게 된다. 저자도 어쩔 수 없이 해오던 경제활동을 그만두고 오로지 글 쓰는 데만 집중할 수 있게 된다. 그렇게 출판사는 만들고 싶은 책을 계속 만들고, 독자들은 그 책들을 왕성하게 소비해주고, 작가는 생계문제를 걱정하지 않고 자신이 쓰고 싶은 글을 쓸 수 있게 된다. 이상적인 모습이지만, 바로 그 탓에 현실성이 없다.

좋은 책을 만들었다고 독자들이 꼭 좋아해 준다는 보장은 없다. 반면 독자들에게 인기가 많다 해서 좋은 책이라는 보장도 없다. 돈 걱정 하지 않으며 좋은 책만 기획하면 얼마나 좋겠는가. 하지만 현실에선 돈 걱정이 가장 크다. 이러한 이유로 돈이 될 만한 책 위주로 만든다. 그렇게 번 돈으로 작품성은 있지만 시장 반응이 불확실한 콘텐츠에 한 번씩 모험을 해본다. 아주 조금씩 이상을 건드려 본다. 딱 그 정도다. 이 자그마한 부분에서 보람을 느껴야 한다. 그렇지 않으면 오래 버틸 수 없다. 편집자는 결코 이상만으로 일할 수 없는 존재다.

누군가는 돈을 벌어야 때론 모험을 할 수 있고, 승부를 봐야 하는 곳에서 확실히 볼 수 있다. 안정적인 수익은 대체로 모험이 아닌 이미 검증된 과정에서, 출판사가 아닌 독자에 좀 더 초점을 맞춘 기획에서, 사회 흐름과 트렌드를 읽는 능력에서, 현실과의 타협에서 나온다. 이상보단 현실을 직시해야 하고, 자신이 생각하는 좋은 작품이 아닌, 대중들이 선호하는 작품을 기획해야 한다.

편집자는 좋은 책을 만들기 위해 사활을 거는 존재다. 출판사 규모를 떠나, 경력을 떠나, 가치관을 떠나 지향점은 대부분 비슷하지 않을까 싶다. 위에서 언급한 이상적인 생태계를 늘 꿈꾼다. 하지만 현실의 문법은 다르다. 한 회사의 직원으로서 편집자는 대중의 관심을 먹고 살아야 한다. 당연히 좋은 작품을 만드는 것에만 집중할 수 없다.

결국 편집자는 이상적인 상황에 놓인 '덕분에' 일을 하는 존재라기보다, 끊임없이 현실과 타협하는 상황에도 '불구하고' 사명을 다해 일하는 존재에 가깝다. 이토록 가혹한 운명을 짊어진 채 이상과 현실 사이에서 늘 방황할 수밖에 없다. 편집자는 그런 존재인 셈이다.

chapter3 -
전지적 관찰 시점

전지적 작가 관찰 시점

"내가 만나는 작가들의 삶은 화려하고 낭만이 넘치는 삶이 아닌,
조금은 남루해 보일지 몰라도 점점 단단해져 가는, 그런 삶이었다."

A 작가님은 내가 회사에 들어온 지 얼마 안 되었을 때 우리 출판사에서 책을 낸 저자였다. 책 작업을 할 때는 교류가 별로 없다가 출간 후 우연한 기회로 가까워졌다. 알고 보니 서울에서 편집자 경험이 있었고 출판 분야 인맥도 넓었다. 현재 대학원에서 일하며 출판 교육 프로그램을 만들어 운영하고 있었다. 지역에 출판사도 몇 없고 출판 관련 인프라도 없다 보니 교류할 사람이 없었기에 A 작가님과의 인연이 반갑게 느껴졌다.

어느 날 작가님께 연락이 왔다. 수상 소식이었다. 며칠 뒤 대표님과 셋이서 술자리를 가졌다. 수상과 관련해 작가님의 개인적인 이야기를 세세하게 들을 수 있었다. 작가님은 소설을 무려 10년간 썼다고 했다. 그동안 글을 열심히 썼지만 좀처럼 뚜렷한 성과가 나오지 않아 답답했다고 했다. 그러다

이번에 상을 받은 후, 같은 곳을 바라보고 있는 아내와 늘 자신의 꿈을 지지해주는 지도교수님께 떳떳해질 수 있어서 기분이 좋다고 했다. A 작가님에게 지난 일 년은 꽤 특별한 해였다. 연초에 우리 출판사에서 책을 내고 연말에는 오랫동안 만나오던 연인과 결혼했다. 이어서 음반 제작을 위해 진행한 소설펀딩이 성공적으로 마무리되었다. 그리고 신춘문예 당선으로 한 해를 마무리하고 있었다.

회사에서 일하다 보면 신인 저자 혹은 책을 한두 권 냈지만 그리 유명하지 않은 작가와 만나는 경우가 많다. 이른바 '셀럽' 대열에 합류하지 못한, 책으로 사회적인 인정을 받지 못한, 아직 글 쓰는 일을 전업으로 하지 못하며 다른 일로 밥벌이를 하는 사람이 대부분이다.

- 지역 출판사는 이른바 '셀럽' 저자들과 작업하기 어려워. 작가들이 이왕이면 대형 출판사와 작업하려는 성향도 있고, 출판사 입장에서도 계약금이나 홍보 마케팅 비용, 판매량 등 현실적인 문제가 있지.

일을 하다 보면 자연스레 회사 저자들의 모습이 눈에 들어왔다. 책 한 권 냈다고 이들의 삶이 극적으로 바뀌지 않았다. 다만 출판이 계기가 되어 각자 삶에 자그마한 변화를 만들어나갔다. B 소설가님은 책이 나온 이후 여기저기서 자리를 만들어준 덕에 독자와의 만남을 여러 번 가졌다. 그때마다 자신이 소설가라는 걸 자각한다고 했다. C 작가님은 책이 나온 이후 경력단절 주부에서 떳떳하게 '작가'라는 타이틀을 달 수 있게 되었다. D 작가님은 자신이 열심히 공부한 결과물을 세상에 처음 선보였다. 반응이 좋았다. 이후 본격적으로 그 분야를 깊이 파고들며 연구하기 시작했다. 이 중에 유명한 사람은 없었다. 베스트셀러 작가도 없었다. 다만, 묵묵히 자기만의 길을 걸어가고 있었다. 그러면서 아주 조금씩, 앞으로 나아가고 있었다.

이들의 모습을 지켜볼 때면 영화나 드라마에서 만나지 못한 진짜 현실이 내 앞으로 불쑥 다가오곤 했다. 처음 쓴 작품이 날개 돋친 듯 팔리거나, 어느 날 자고 일어났더니 베스트셀러 작가가 되어 있는 경우는 없었다. 대부분 오랜 기간 무명의 시기를 보내고 있었다. 글을 써도 돈이 안 되는 현실에 맞서, 미래가 불투명하다는 주위 걱정에 맞서, 현재 밥벌이와 자신이 하고 싶은 일의 그 간극을 버티며 자기만의 속도로 한 걸음 한 걸음 착실히 밟아나가고 있었다. 내가 만나는 작가들의 삶은 화려하고 낭만이 넘치는 삶이 아닌, 조금은 남루해 보일지 몰라도 점점 단단해져 가는, 그런 삶이었다.

　- 지역 출판사는 유명하지 않은 기존의 저자 혹은 신
인 저자와 함께 작업하는 경우가 많아. 책이 유명해지
면 출판사도 그걸 바탕으로 다음 책을 기획할 기회가
생기는 거고, 저자 역시 다음 작품을 출간할 수 있게
되는 거지. 그렇게 서로 좋은 영향을 주고받으며 함께
성장해야 해.

　서울에 있는 큰 출판사를 다녔다면 검증된 사람 혹은
대중적인 인지도가 높은 사람과 작업하는 경우가 많지 않았을
까. 회사의 규모가 크면 자연스레 매출 압박에 시달린다. 눈에
보이는 뚜렷한 성과를 만들어야 한다. 당연하지만 어쩔 수 없
는 부분이다. 덩치가 커질수록 모험은 힘든 법이다. 그러니 판
매량이 보장된 유명 저자들을 찾고 그들과 작업하는 게 당연
한 모습일지도 모른다.

　지역의 자그마한 출판사 편집자는 성공을 향한 과정
에 있는 사람들을 주로 만난다. 이들은 '셀럽'의 과거형일 수도
있고, 이들의 미래가 '셀럽'일수도 있다. 따지고 보면 지금 우
리가 '셀럽'이라 부르는 이들 역시 하늘에서 뚝 떨어지지 않았

다. 다들 생계 문제로 고민하던 시기가 있었다. 글을 써도 돈이 안 되는 현실에 좌절하는 순간도 있었다. 그럼에도 꾸역꾸역 글을 썼다. 어느 출판사의 눈 밝은 편집자가 출간을 제안하며 우여곡절 끝에 첫 단행본이 나왔을 테다. 이들 중 첫 책으로 유명해진 사람은 드물었다. 오히려 잠깐의 성취 이후 소리소문 없이 사라진 수많은 작가의 틈에서 빛나는 존재였다. 자신이 쓴 책이 한 권 두 권이 쌓이며 저자도 유명해졌고 그 책 덕분에 출판사 역시 인지도가 높아졌다. 이게 바로 서울의 유명 저자와 우리 회사 저자가 만나는 지점이고, 서울의 유명 출판사와 지역의 자그마한 출판사가 만나는 지점이기도 하다.

내가 지금 만나고 있는 작가들의 10년, 20년 후는 어떤 모습일까. 앞으로 어떤 작가들을 만나게 될까. 이들의 지난한 과정을 지켜보는 재미는 한동안 사라지지 않을 거 같다. 아니, 어쩌면 꽤 오랫동안.

어차피 다 옛날 일인데요, 뭐

"부와 명예를 함께 얻으며 소위 '성공'에 가까워지는 그 순간, 내게는 두 선택지가 주어질 것이다. 금방 사라지는 것에 집착하며 그대로 머무를 것인가, 아니면 새로운 도전을 통해 다음 단계로 나아갈 것인가."

편집자로 일하다 보면 작가, 교수, 문화예술인 등 문화예술인 등과 만날 기회가 많다. 그중 단연 돋보이는 사람이 있다. 대중에게 잘 알려진 유명한 작품을 쓴 작가라든가, 출판계에서 한 획을 그은 엄청난 작품을 발굴한 편집자라든가, 엄청난 상금이 걸린 대회에서 당당하게 대상을 받았다든가 하는 사람들이다.

글쟁이가 꿈꿀 수 있는 성공이 뭐 그리 특별하겠는가. 글을 써서 돈을 많이 버는 것. 사람들에게 인정받는 것. 명예를 얻는 것. 유명해지는 것. 큰 맥락에선 대부분 비슷할 것이다. 하지만 정작 성공을 경험했던 사람들을 주위에서 유심히 지켜보면, 애초에 품었던 환상이 깨지는 경우가 많다. 성공에 이르는 길은 무척 험난하지만, 막상 성공 후에 오는 부와 명예는 놀라울 정도로 금세 사라지곤 했다.

    C 대표님은 서울에서 20년 넘게 출판 일을 하다가 몇 년 전 부산에 내려왔다. 편집자 경험을 살려 출판사를 직접 만들어 홀로 운영하고 있었다. C 대표님과의 인연은 회사에서 진행하는 출판 스터디 모임에서 시작되었다. 출판업에 뛰어든 지 아직 6개월도 되지 않은 새파란 애송이 편집자에게 C 대표님의 경력은 까마득하게 느껴졌다.

    어느 날 C 대표님과 함께 출판 관련 행사에 참석했다. 행사가 끝난 후 밖으로 나오니 저녁 9시였다. 이대로 곧장 집에 가기는 아쉬웠다. 먼저 '저랑 술 한잔하시겠습니까?'라며 패기 넘치게 말하면 될 것을, 함께 지하철을 탈 때까지 눈치만 살피고 있었다. 내 표정에서 이러한 마음이 드러난 걸까.

    - 정오 씨, 오늘 별일 없으면 술 한잔할래요?

    조금 허름한 술집. 생선구이와 해물탕, 그리고 소주를 한 병 시켰다. 처음엔 행사 이야기를 나누다 이내 출판 관련 얘기가 오갔다. 요즘 이런 책이 나오더라, 이런 아이디어 어떻냐, 이런 거 한 번 같이 해보자 등 업무의 연장 선상이라 생각할 수도 있지만 내게는 재미난 이야기로 다가왔다. 1년 차 애송이 편집자가 20년 경력의 편집자와 이런 이야기를 주고받는다는 사실만으로 충분히 설레고 신나는 자리였다.

소주 한 병을 금세 비웠다. 술기운이 점점 올라오며 분위기가 무르익었을 때, 전부터 궁금했던 C 대표님의 과거 이야기를 조심스레 물어보았다. 서울에서 편집자 생활이 어땠는지, 또 어떤 책을 기획했는지. 그러다 전혀 예상치 못한 답변에 화들짝 놀라고 말았다. 네? 그 소설이요? 고등학교 시절, 완전히 빠져들었던 판타지 소설을 쓴 저자를 발굴하고 그 책의 책임편집을 맡은 주인공이 바로 내 앞에 있는 분이라니! 당시 책을 그리 많이 읽는 편이 아니었지만, 그 책은 워낙 유명해 또래 친구들도 대부분 알고 있었다. 무려 15권이나 되는 엄청난 분량임에도 몇 번이나 읽곤 했다. 당시 느꼈던 감동과 흥미가 10년이 넘은 지금까지도 내 뇌리에 강하게 박혀있었다. 아마 판타지 장르의 한 획을 그은 작품으로 기억한다. 그런 전설적인 작품을 발굴한 전설의 편집자가 정녕 나와 함께 술을 마시고 있는 C 대표님이란 말인가. 갑자기 정신이 번쩍 들었다. 급히 자세를 고쳐 앉았다. 이제 알아봐서 죄송하다고, 그 작품 정말 재미있게 봤다고, 영광이라 말했다. 말 편하게 하시면 됩니다, 호들갑을 떨었다. 이런 내 행동이 재미있는지 C 대표님은 피식 웃었다.

- 어차피 다 옛날 일인데요, 뭐.

C 대표님은 담담하게 대답했다. 그 모습이 오히려 큰 여운을 남겼다. 스터디 멤버들끼리 술자리를 몇 번 가지며 C 대표님의 상황을 어느 정도 알고 있었다. 부푼 꿈을 안고 부산에 내려와 출판사를 시작했지만, 현실의 벽은 생각했던 것보다 훨씬 높았다. 출판계 경기가 안 좋으니 지역 출판사의 사정은 말할 것도 없었다. 당장 먹고사는 문제조차 해결되지 않았다. 괜히 부산으로 내려온 걸까, 다시 서울로 올라갈까, 아마 하루에 수십 번 넘게 고민하고 있지 않을까. 더군다나 서울에서 '성공'이라는 것을 이미 경험한 후에 이토록 열악한 상황에 있으면 더욱 그런 감정이 들지 않을까.

- 제가 발굴하고 기획한 책이 크게 성공했던 건 맞아요. 그렇다고 과거의 영광에 언제까지 사로잡혀 있을 수는 없잖아요?

정상에 오르는 것보다 어려운 건 그 자리를 유지하는

것이다. 그보다 더 어려운 건 현재의 상태에 만족하지 않고 더 높은 곳을 향해 오르기로 다짐하는 일이다. 성공은 의외로 위험한 단계일지도 모른다. 성공의 화려함은 과거의 영광에 머무르며 다음 스텝을 밟지 못하게 만들곤 한다. 성공이 주는 부와 명예 자체가 아무 의미 없고 부질없다는 얘기는 아니다. 다만 이러한 것들이 금세 사라지는 데 반해 삶은 계속된다. 과거에 빠져 살거나 머무르기엔 인생은 우리 생각보다 훨씬 길고, 또 예상치 못한 일들이 끊임없이 일어난다.

C 대표님이 기획한 책은 말 그대로 '과거의 영광'이었다. 책이 무척 유명하고 많이 팔렸다고 해도 지금의 삶에 영향을 주는 것은 별로 없었다. 오히려 C 대표님은 서울에서 20년 넘게 쌓아온 자산, 인프라 등을 버리고 당당히 부산으로 내려왔다. 조금 더 편하고 안정된 생활을 할 수 있음에도 불구하고 지역이라는 어려운 환경 속에서 발을 힘껏 디뎠다. 자기도 한때 잘나갔다며 과거에 빠져 살기보단 현재 운영하는 출판사에, 새롭게 기획하는 책에 집중하고 있었다. 잠깐의 성공 대신 지속 가능한 성공을 바라보고 있었다. 어쩌면 성공을 뛰어넘어 자신이 추구하는 가치를 실현하기 위해 계속해서 걸어 나가는 모습일지도 몰랐다.

이왕 출판계에 발을 디딘 이상, 별다른 일이 없으면 편집자의 길을 줄곧 걸어갈 예정이다. 나 역시 운이 좋으면 베스트셀러를 기획하거나 혹은 작가로서 내 책이 많이 팔리는 경험을 한두 번은 할 수 있을지도 모른다. 부와 명예를 함께 얻으며 소위 '성공'에 가까워지는 그 순간, 내게는 두 선택지가 주어질 것이다. 금방 사라지는 것에 집착하며 그대로 머무를 것인가, 아니면 새로운 도전을 통해 다음 단계로 나아갈 것인가.

- 그래도 정오 씨가 열심히 하는 모습을 보니까, 출판계의 미래가 든든하네요. 열심히 한 번 해보세요.

C 대표님과 마지막 잔을 기울였다. 과거의 성공에 머무르지 않고 다음 단계로 나아가는 C 대표님의 모습은 그 어떤 강연이나 책보다 인상적으로 다가왔다. 이제 갓 출판계에 발을 디딘 새내기 편집자로서 이보다 훌륭한 수업이 어디 있겠는가. 다만 아직은 사회초년생이니 수업료는 다음에 내기로 했다. 아니나 다를까, 내가 주머니를 뒤적거리기 전, C 대표님이 먼저 카운터에서 지갑을 꺼냈다. 제가 다른 출판사 편집자 술도 사주고, 허 참... C 대표님이 점원에게 카드를 건네며 웃음기 띤 얼굴로 말했다. 맞는 말이긴 했다. 아무튼, 잘 먹었습니다, 대표님!

쉬엄쉬엄합시다

"요즘 회사 일이 너무 바빠요. 저도 주말에 개인 약속을 잡거나 집에서 푹 쉬고 싶습니다. 형도 주말에 가족끼리 맛있는 거 먹고 좋은 데 놀러 가고 하면 서로 좋잖아요?"

이번 주 토요일, K 형이 우리 출판사 저자를 모시고 북토크를 진행한다고 한다. 행사를 며칠 앞둔 시점, K 형에게 연락이 왔다. *정오도 올 거지!?* 편집자로서 참 애매한 지점이다. 우리 회사 행사는 아니라 참석이 의무는 아니다. 다만 K 형이 현재 운영 중인 독서모임에서 우리 회사 저자 특강을 진행한다니 너무도 감사한 일이다. 우리는 하고 싶어도 여력이 없어서 못하는 일을, 오히려 자기 비용을 들이며 애써 해주고 있으니 말이다. 고맙다. 정말 고맙긴 한데...

K 형은 대학교 2학년 때 처음 만났다. 아니, 정확히 말해 만났다고 한다. 책 관련 설문 조사 때문에 나한테 책도 주고 이야기도 제법 나누었다고 하는데, 도무지 기억이 나지 않

는다. 당시 책에 빠져들던 시기였는데, 너무 빠져들어 눈이 멀어버렸는지 책만 보이고 사람은 보이지 않았나 보다. K 형과 본격적으로 가까워진 건 대학을 갓 졸업했을 때였다. 당시 인터뷰 활동을 왕성하게 하고 있었다. K 형에게 페이스북 메시지를 보냈다. 저는 이런저런 사람인데, 이러한 취지로 인터뷰 좀 하고 싶다고. 그렇게 K 형과 몇 년 만에 재회했다. 물론 내게는 처음 보는 사람으로 느껴졌지만.

K 형은 대학생 시절, 소위 '대외활동'의 개념이 만들어질 때쯤 부산을 넘어 전국 규모의 대외활동을 하고 있었다. 단순히 참가자에서 그치는 걸 넘어 회장까지 맡았다고 한다. 부산에서 학교에 다니고 있었기에 서울에 있는 학교에 교환학생까지 신청하며 학교생활과 대외활동을 병행한 것이다. 여기까지도 충분히 대단한 일인데, 당시 서울에서 진행되던 동아리 홍보 박람회를 부산에 가지고 내려오더니 그대로 정착시켰다. 이어서 부산에 있는 기업을 알리기 위한 대외활동을 만들었다. 단순히 일회성 행사 혹은 활동을 넘어, 약 10년이 흐른 지금까지도 유지되며 부산의 대표 대외활동으로 자리 잡은 상태다. 대외활동의 조상님이자 전설 그 자체였다.

한창 대외활동에 빠져 있던 당시, K 형에 대한 얘기는 주위에서 많이 들었던 상태였다. 대략 아는 얘기였지만 인터뷰를 진행하며 자세히 들으니 K 형이 새삼 대단하게 느껴졌다. 하지만 K 형의 이야기는 대외활동의 전설로 끝나지 않았다. K 형은 어느 순간 자취를 감췄다. 그동안 해왔던 일과 전혀 연관 없는 일을 시작해야만 했고, 때마침 결혼도 하고 곧장 아빠가 되었다. 부산에서 날고 기던 전설이었는데, 내게는 결국 현실과 타협하고 만 서글픈 이야기로 들렸다. 그와 함께, 대외활동 경험을 살려 문화기획 일을 계속해나가려던 나는 현실의 무게감을 다시금 느껴야만 했다.

- 내 꿈이 뭘까. 내가 뭘 좋아하고 뭘 잘하는 걸까. 이러한 것들에 대해 오랫동안 고민했던 기억이 나네요. 그러다 29살 때 깨달은 게, 꿈은 찾는 게 아니라 만드는 무언가라는 거예요. 즉 Find가 아닌 Make라는 의미이죠. 만약 Find라면 한번 찾았던 꿈을 포기하는 순간 곧바로 버려야 하는데, Make라면 잠깐 포기해도 다시 또 만들 수 있다고 생각해요. 그래서 저는 취업을 하고 결혼을 해서 20대에 꿨던 꿈을 당장 이루지 못해도, 30대에 새로운 꿈을 만들어나갈 수 있을 거라는 확신이 들었어요.

인터뷰 말미, K 형의 말은 내게 깊은 울림을 주었다. K 형에게 30대의 새로운 꿈은 '독서모임 운영'이었다. 예전부터 지인들과 소박하게 운영하던 독서모임을 몇 년 전부터 본격적으로 기획 및 운영하며 규모를 키워가고 있었다. 대외활동에 푹 빠져들며 커다란 성과도 내며 승승장구 하다가 현실문제로 잠깐 주춤했지만, 새로운 꿈을 다시금 이어나가고 있는 모습이 무척 인상적으로 다가왔다. 하지만 나와는 거리가 먼 이야기라 확신했다. 나는 문화기획 쪽으로 쭉 갈 거니까, 어떤 상황이 와도 현실과 타협하지 않을 거니까, 그럴 자신이 있었으니까.

우연히 출판사 편집자 직함을 달게 되었다. 처음 몇 달은 시키는 것만 해도 벅차 다른 생각은 전혀 할 수 없었다. 일을 하나둘 배워나가며 조금씩 여유가 생기기 시작했다. 그제야 주위를 둘러보았다. 눈에 가장 먼저 들어온 건 K 형이었다. K 형의 독서모임은 해가 지날수록 규모가 눈에 띄게 커지고 있었다. 대여섯 개를 운영하던 모임이 스무 개를 훌쩍 넘었다. 단순한 모임을 넘어 하나의 커뮤니티로 나아가고 있었다. 부산에서 가장 활발하게 활동 중인 독서모임이란 생각이 들었다. 마침 출판사 편집자로 책 만드는 일을 하고 있으니, 함께 해볼 만한 게 있지 않을까 싶었다.

　　대표님께 K 형을 소개해드린 후 본격적으로 우리 출판사와 K 형이 운영하는 독서모임이 연계해 몇몇 프로그램과 행사를 기획하기 시작했다. 출판사는 지역에 있는 저자를 소개해주고 독서모임에서 진행할 만한 책을 추천해주거나 지원해주었다. 독서모임은 그 책으로 모임을 진행하거나 저자와의 만남 등 각종 프로그램 및 행사를 진행했다. 지역의 출판사와 독서모임이 만난, 신선하고 독특한 모델을 만들어나가고 있었다.

　　대외활동의 전설을 만나고 싶어 인터뷰 요청을 했고, 덕분에 K 형과 인연이 다시 시작되었다. 꿈을 향해 열심히 달려가던 모습은 취업, 결혼 등의 문제로 결국 현실과 타협할 수밖에 없었던 모습과 무척 대조되었다. 다만 이러한 과정은 독서모임을 운영하며 새로운 꿈을 향해 나아가는 K 형의 모습을 더욱 빛나게 해주었다. 나 역시 쉽지 않은 과정을 거치며 새로운 길을 찾게 되었고, 한때 방황하던 두 남자는 독서모임 대표와 출판사 편집자로서 다시금 만나게 되었다. K 형이 직장과 결혼 문제로 그동안 해오던 활동을 그만뒀을 때, 내가 경제적 문제에 부딪혀 여기저기 원서를 넣으며 진로 문제로 불면증에 시달릴 때, 이러한 모습을 예상이나 했겠는가.

그런데 이 형, 해도 해도 너무 열심히 한다. 한 달에 진행하는 모임이랑 특강이 대체 몇 개인지 모르겠다. 저번에는 주말 이틀 동안 강연을 세 개나 진행하기도 했다. 우리 출판사와 K 형이 운영하는 독서모임의 유대 관계가 끈끈해질수록 우리 출판사 책으로 진행하는 행사 및 프로그램의 개수가 늘어났다. 지역 출판사와 지역 독서모임의 콜라보라, 그림이 참 좋다. 의미도 있고 나름 재미있을 거 같기도 하다. 그렇긴 한데...

정오도 올 거지? 라니. K 형에게 저 말을 듣는 순간, 우리 둘은 형 동생 관계가 아닌 비즈니스 관계로 바뀐다. 애써 우리 책을 홍보해주고 행사까지 만들어주는데 얼굴조차 비치지 않는 건 아무래도 좀 그렇다. 이번 행사에 참석하는 건 협업 관계인 독서모임에 대한 당연한 예의이기도 하다. 카톡 팝업 설정을 해 놓았기에 K 형의 카톡은 진작 확인했다. 혹시라도 고민하는 티가 날까 봐 차마 클릭하진 못하고 있었다. 결국 미루고 미루던 답장을 보낸다. 네, 형. 참석해야죠! 내 황금 같은 주말의 일부가 사라지는 순간이다. 엄연히 말하면 회사 일이 아니니 야근 수당을 청구하거나 대체 휴무를 쓸 수도 없다. 기껏해야 개인 SNS에 후기를 쓰며 나의 노고를 대표님께 간접적으로 전달할 수밖에. 형! 열심히 하는 모습이 보기 좋고 출

판사 입장에서 정말 고마운데... 요즘 회사 일이 너무 바빠요. 저도 주말에 개인 약속을 잡거나 집에서 푹 쉬고 싶습니다. 형도 주말에 가족끼리 맛있는 거 먹고 좋은 데 놀러 가고 하면 서로 좋잖아요? 그러니 쉬엄쉬엄합시다, 예?

편집자에게 걸리면 정말 얄짤 없구나

"선수들 사이에서 수십 번이고 수정되며 그야말로 만신창이가 되었을 원고가 괜히 안타깝게 느껴졌다. 편집자에게 걸리면 정말 얄짤 없구나, 이곳이 바로 내가 들어온 '편집자'라는 세계구나, 감탄과 자부심, 설렘, 걱정, 불안 등 다양한 감정이 복잡하게 뒤엉켰다."

평소 책을 읽다 보면 종종 오탈자를 발견할 때가 있다. 그중 누구나 틀릴 법한 오타나 맞춤법도 있고, 치명적인 오타 혹은 비문도 있다. 편집자 직함을 단 이후부터 오탈자를 보는 눈이 좀 더 섬세해졌다. 다만 식당에서 음식이 잘못 나와도 굳이 내가 먹기 싫은 음식이 아닌 이상 곧장 먹는 타입이기에, 오탈자로 그 책의 가치를 평가하거나 책을 만든 출판사 혹은 편집자를 비난하진 않는 편이다. 편집자라면 이러한 부분에서 까다로워야 할 텐데, 사람의 성격이나 습관은 좀처럼 고쳐지지 않는 듯하다.

하지만 회사에서 일할 때만큼은 오탈자에 대해 엄격

해지려 노력하고 있다. 업무 메일을 주고받을 때부터 시작해 SNS에 올리는 몇 줄 안 되는 글조차 철저히 오타를 점검하며, 비문이 없는지, 더 나은 단어나 표현이 없는지 몇 번씩이나 고민한다. 단행본 내지 교정·교열을 볼 때는 마음을 단단히 먹고 집중한다. 어쨌든 독자들이 자신의 돈과 시간, 노력을 들여 읽는 상품인 만큼 결함을 최대한 줄이고 싶기 때문이다. 편집자 생활을 시작한 지 얼마 되지 않은 나도 이런데, 전국에 내로라하는 편집자들은 말할 것도 없다. 다른 건 몰라도 글에 대해서는 그 누구보다 엄격한, 그야말로 선수들이었다.

수원에서 열리는 한국지역도서전을 앞두고 주최 측에서 기념 도서를 제작하기로 했다. 주제는 '지역 출판사 편집자로 살아가기'였다. 전국 각지에 있는 지역 출판사, 그곳에서 일하는 편집자들의 솔직한 이야기를 모아 책으로 묶기로 한 것이다. 행사가 열리기 몇 달 전, 회사 메일로 원고 청탁을 받았다. 당연히 대표님이 원고를 쓰실 거라 확신했지만, 나의 예상은 완전히 빗나갔다. 대표님은 작년에 참여한 경험이 있기도 했고, 편집자로 데뷔하는 기회라 생각하라며 내게 원고를 맡긴 것이다. 전국에 내로라하는 편집자들 사이에 감히 내 글을 실어도 될까, 커다란 부담으로 다가왔다. 한편으론 쉽게 잡기 힘든 기회라는 생각에 설레기도 했다. 꽤 많은 품을 들여 원고를 작성해 제출했다.

원고를 낸 지 얼마나 지났을까. 인쇄를 앞두고 표지와 내지 초안이 올라왔다. 이번 도서전에 참여하는 지역 출판사 대표, 편집자 등 100명에 가까운 사람이 모여 있는 단톡방이었다. 주최 측에서 촉박한 일정 탓에 얼른 인쇄를 넣어야 한다고 빠른 피드백을 요청했다. 이번 기념 도서에 참여한 전국 각지의 편집자 혹은 출판사 대표가 하나둘 수정 요청을 하기 시작했다. 몇 페이지에 있는 이 부분을 이렇게 바꿔 달라, 조사가 빠졌다, 기호가 빠졌다 등, 조용하던 단톡방은 금세 시끌벅적해졌다. 나 역시 자세히 보니 오탈자, 비문이 몇 개 눈에 들어왔다. 조심스레 담당자 개인 카톡으로 수정 사항을 보냈다.

세상에 완벽한 원고는 없는 것처럼, 교정·교열에도 끝이 없다. 실제 회사에서 책 작업을 할 때도 수정 요청이 한 번에 끝나는 경우는 없었다. 이번 작업은 말할 것도 없었다. 처음엔 이상이 없다고 했다가 뒤늦게 수정을 요청하는 사람도 있었고, 몇 번이나 요청해놓고 또 새로운 오탈자를 찾아 다시 부탁하는 사람도 있었다. 나 역시 마찬가지였다. 한 번 피드백을 반영해 수정했는데도, 또 새로운 오타와 비문을 찾았다. 다시금 수정을 요청했다. 담당자가 스트레스받을까 봐 최대한 예의 있게 말하려 노력했다. 두 번이나 되는 수정 요청을 친절하게 받아주었지만, 아마 속은 부글부글 끓지 않았을까 싶다.

　기념 도서는 약 스무 개 가까운 원고로 구성되어 있었다. 딱 그만큼의 사람들에게 피드백을 받아야만 했다. 그것도 평범한 사람이 아닌, 교정·교열에는 선수라 할 수 있는 편집자들이었다. 이들은 독자들이 크게 연연해하지 않을 미세한 부분마저 엄격하게 체크하는 선수였다. 그러다 보니 웃지 못할 장관이 펼쳐졌다. 한두 시간이면 끝날 줄 알았던 피드백은 거의 반나절 동안 계속되었다. 늦은 밤에도 단톡방은 수정 요청으로 시끌벅적했다.

　참여한 편집자들이 한 번에 오탈자를 모두 찾을 수 있다면 이런 일이 벌어지지 않았을 테다. 다만 이들은 열악한 환경 속에서 꿋꿋이 살아남아 지역을 대표하고 있는 쟁쟁한 편집자들이었다. 감히 이들의 역량을 문제 삼을 순 없었다. 꼼꼼하지 않다면 오히려 반나절 동안 거듭되는 수정 요청이 오갈 리 없었다. 다만 완벽함과는 거리가 먼 '교정·교열'이라는 이 작업, 그리고 글에 대해선 그 누구보다 엄격한 편집자의 특성상 어쩔 수 없이 일어난 소동에 가까웠다.

　피드백은 다음 날 아침이 되어서야 끝났고, 점심시간

쯤에 인쇄소로 파일이 넘어갔다는 얘기를 들었다. 선수들 사이에서 수십 번이고 수정되며 그야말로 만신창이가 되었을 원고가 괜히 안타깝게 느껴졌다. 편집자에게 걸리면 정말 얄짤없구나, 이곳이 바로 내가 들어온 '편집자'라는 세계구나, 감탄과 자부심, 설렘, 걱정, 불안 등 다양한 감정이 복잡하게 뒤엉켰다.

　　- (...) 혹시 이 부분 수정 가능합니까?

　　인쇄소에 넘어간 지 한참이 지난 시점, 단톡방에 올라온 누군가의 카톡을 확인하며 나도 모르게 피식 웃음을 터뜨리고 말았다.

평론가에 대한 평론

"그동안 아마추어 세계에서 글 쓰고 인터뷰를 하면서 내가 뭐라도 되는 것처럼 어깨에 힘이 들어가 있었던 게 아닐까. 내가 있는 곳은 이제 프로의 세계였다. 좋은 의도로 열심히 하는 것만으로 나의 부족함과 서투름이 합리화될 순 없었다. 이후 글에 대해 그 누구보다 철저해지자며 홀로 다짐했다."

회사에 들어온 지 일주일이 지났을 무렵, 대표님이 '외부편집위원회의'를 새롭게 만들어 운영했다. 문화기획, 웹툰, 일본 문화, 독서모임 등 각 분야의 전문가들과 함께 출판 콘텐츠를 기획하는 회의였다. 대부분 대표님이 예전부터 알고 지내던, 문화예술 분야에서 왕성하게 활동 중인 사람들이었다.

그중 독특한 직함을 가진 분이 있었다. 대표님이 소개해주었다. 여기는 이번에 들어온 박정오 편집자라고. 그리고 이쪽은 대학교수이자 문학 평론가. 그렇게 처음 인사를 나누었다. 문학 평론가라는 단어는 신비롭게 다가왔다. 간혹 소설 해설을 쓴 사람 직함이 '문학 평론가'라 적힌 걸 보긴 했었다. 그럼에도 낯설게 느껴지는 직함이었다. 무려 문학 평론가라니! 문학 평론가를 실제로 만나는 건 태어나서 처음이었다. 만나 봬서 영광입니다! 악수를 하며 속으로 외쳤다.

- 요즘 회사 SNS 누가 관리합니까?
- 아, 정오가 하고 있는데.
- 뭔가 좀 다르더라고요. 역시, 젊은 감각이네요.

회의를 마치고 회사 근처 술집으로 향하는 길, 대표님과 평론가님 사이에서 걷고 있다가 의도치 않은 칭찬을 받았다. 초면에 이렇게 칭찬을 해주다니, 그것도 문학 평론가라는 분이! 두 번째 영광이었다.

- 그런데... B 작가님 북토크 홍보 글에 작가님 성함을 잘못 썼더라고요. 작가님이 직접 댓글을 다셨던데...

그걸 봤다는 말인가! 급하게 수정해서 일단락했다고 생각했는데, 왜 하필 대표님 앞에서 그 얘기를 꺼내시는 거지. 순간 민망해졌다. 방금 두 번째 영광이라 한 거, 취소다. A 평론가님이 갑자기 퇴고에 대한 이야기를 꺼냈다. 얼마 전 한 매체에 원고를 보냈다고 한다. 이 정도면 되겠지 싶을 정도로 열심히 썼고 수정도 많이 했지만, 보내기 직전에 보니까 또 고칠 부분이 있었다고 한다. 학교 수업을 한다고 쉬는 시간에 짬짬이 고치고 또 고쳤다고 한다. 그렇게 간신히 글 한 편을 마무리해서 결국 마감 몇 분 전에 아슬아슬하게 메일을 보냈다고 한다.

다른 세계의 이야기처럼 들렸다. 개인 SNS를 오랫동안 운영하면서 나 역시 글을 많이 써왔지만, 퇴고는 거의 안 하는 편이었다. 한 번 글을 쓰고 나면 끝이었다. 그게 예술가답다고 확신했다. 암, 예술가에게 수정은 무슨! 그런데 A 평론가님은 겨우 원고 한 편을 쓰면서 그렇게나 많이 고치고 또 고친다고 하니, 나의 글쓰기 습관과 너무도 비교되었다. 만난 지 겨우 두 시간밖에 안 되었고 어떤 분인지 잘 모르겠지만, 글에 대해선 무척 엄격하고 철저한 사람이라는 느낌을 받았다. 그게 A 평론가님에 대한 첫인상이었다.

A 평론가님과 작업하는 경우가 종종 생겼다. 글에 대한 철저함과 엄격함은 늘 좋은 면만 있지 않았다. 우선 원고 전달이 항상 늦었다. 약속한 날짜에 맞춰 원고를 받는 경우가 좀처럼 없었다. 아무리 기다려도 원고가 도착하지 않아 연락을 드리면, 요즘 너무 바빠서 원고 전달이 늦어질 거 같다며, 미안

하다는 답변이 왔다. 며칠만 늦어지면 그나마 괜찮았지만, 몇 주가 늦어져 회사 일정에 커다란 차질이 생기기도 했다. 계획한 게 틀어지면 전체 일정이 밀리거나 일이 한 번에 몰리며 과도한 업무 혹은 야근으로 이어질 수밖에 없었다. 한 번은 원고가 몇 달이나 밀려 결국 장문의 문자를 보낸 적도 있었다. 내 전화를 받지 않은 적도 있었는데, 작업이 다 끝나고 한 술자리에서 후일담이 나왔다. 원고가 계속 밀려 미안해서 일부러 전화를 안 받았다는 것이다. 참으로 당황스러운 진실이었다.

글을 금방금방 쓰고 별다른 수정 없이 곧장 보내는 타입이라면 이런 일이 발생할 이유가 없다. 글의 퀄리티가 높아질수록 작가가 글을 쓰는 데 드는 시간과 에너지, 노력 역시 자연스레 커진다. A 평론가님과 작업을 하며 저자와 디자이너 사이에 끼여 난감한 상황이 펼쳐진 경우가 많았다. 그때마다 속이 부글부글 끓곤 했다. 그럼에도 A 평론가님의 글을 받고 나면 그런 불평불만이 사라지곤 했다. 글이 너무 좋았다. 이 정도 퀄리티의 글을 받았으니 기다린 보람이 있다는 생각이 들 정도였다. 정해진 기간 내에 원고를 받아야 하는 편집자 입장에서는 함께 작업하기 쉬운 타입이 아니었지만, 글을 좋아하는 작가 지망생의 입장에선 달랐다. A 평론가님을 동경의 시선으로 바라보곤 했다. 와, 어떻게 글을 이렇게나 잘 쓰지. 나와 비교도 할 수 없을 만큼 높은 수준의 글을 보며, 절로 숙연해지곤 했다.

언젠가 A 평론가님에게 인터뷰를 요청했었다. 대학 시절부터 인터뷰를 꾸준히 해오긴 했지만, 전문적으로 인터뷰를 배우진 않았기에 조금 걱정이 되었다. 인터뷰는 약 한 시간 정도 진행되었다. 2~3주가 지난 후 콘텐츠를 열심히 가공했다. 글에 대해 무척 철저한 분인 만큼 몇 번이고 퇴고하고 수정했다. 잔뜩 긴장한 채 정리한 글을 A 평론가님께 보냈다. 돈 받고 하는 것도 아니고 그저 내가 좋아서 한 일인데, 왜 이렇게까지 긴장하는 걸까 싶었다.

좋은 의도를 가지고 한 일이었지만, 글을 다루는 사람을 취재하고 콘텐츠를 가공하면서 좀 더 철저하지 못했다. 기본적인 사실관계 확인을 제대로 못했다거나, 인터뷰 질문이 빈약했다거나, 좀 더 꼼꼼히 퇴고를 하지 못하는 등 결함이 많았다. 그 탓에 둘 다 얼큰하게 취한 어느 술자리에서 따끔한 피드백을 받기도 했다. 그때 정신이 번쩍 들었다. 글 다루는 일에 커다란 경각심이 생겼다. 그동안 아마추어 세계에서 글 쓰고 인터뷰를 하면서 내가 뭐라도 되는 것처럼 어깨에 힘이 들어가 있었던 게 아닐까. 내가 있는 곳은 이제 프로의 세계였다. 좋은 의도로 열심히 하는 것만으로 나의 부족함과 서투름이 합리화될 순 없었다. 이후 글에 대해 그 누구보다 철저해지자며 홀로 다짐했다.

이따금 A 평론가님과 관련한 좋은 소식을 듣곤 했다. 첫 평론집이 출간되기 전에 기획안과 원고만으로 우수출판도서로 선정되는 쾌거를 맛보았다. 그렇게 나온 책으로 또 서울에서 상을 받기도 했다. 그 외에도 여기저기서 평론과 관련한 여러 상을 받았다는 소식을 종종 듣곤 했다. 우리 회사 저자이기도 하고 개인적으로도 자주 만나며 가까워진 사이라 덩달아 기분이 좋았다. 글에 대해 이토록 철저하고 엄격한 분이라면, 저 정도 글쓰기 실력을 가진 분이라면 충분히 상을 받을 자격이 있다고 확신했다. 아니, 글쓰기 실력과 유명세가 비례한다고 하면, 오히려 내 기준에서는 좀 더 많은 상을 받고 지금보다 유명해져야 하는 사람이었다.

A 평론가님의 지난한 과정을 때론 가까이서, 때론 멀리서 지켜보고 있다. 험난한 길을 꿋꿋이 걸어가고 있는 모습, 온갖 어려움에 맞서 당당히 자신의 가치와 역량을 증명하고 있는 모습을 하나하나 눈에 담아두고 있다. 돈을 주고도 살 수 없는, 그 무엇보다 값진 경험이 아닐까.

- 박 쌤, 도저히 시간이 안 나서 원고 정리를 못 했네요. 대표님이랑은 얘기해서 다음번에 넣기로 했습니다. 많이 기다리셨을 텐데... 미안합니다.

책을 내기 전에 출간 비용을 지원받는 한 사업에 A 평론가님의 원고를 넣기로 결정했다. 그동안 각종 매체에 연재한 글을 모아서 보내주면 회사에서 마저 정리해 지원하기로 한 것이다. 그런데 공모 마감이 코앞에 다가올 때까지 원고를 안 주시더니, 끝내 하루 전에 이렇게 연락이 온 것이다.

- 아, 아닙니다. 그럼 다음번에 넣으면 되죠, 뭐.

순간 두 가지 감정이 뒤엉켰다. 또 이렇게 원고를 제날짜에 안 주는 모습에 속이 부글부글 끓으면서도, 한편으론 A 평론가님의 멋진 글을 감상하지 못했다는 아쉬움이 들었다. 전자가 편집자로서 느낀 감정이었다면 후자는 독자로서 느낀 감정이었다. A 평론가님은 항상 이런 식이다. 또 이렇게 편집자와 독자 사이를 방황하게 만든다.

평론가님. 글에 무척 엄격한 모습이나, 평론가로서 한 걸음씩 단계를 밟아나가는 모습을 보면서 정말 많이 배우긴 하는데... 그래도 약속은 지키셔야죠. 자꾸 이러시면 곤란합니다. 그건 그렇고 이번에 상금 받으셨던데, 대표님이랑 셋이서 술 한잔 안 합니까? 평론가님이랑 술 마시면 항상 밤늦게까지 얼큰하게 마셔서 다음 날 너무 힘들긴 한데, 사실 너무 재미있습니다. 문학이란 무엇인가, 평론이란 무엇인가, 지역에서 비평을 한다는 건 어떤 의미인가, 캬... 배우고 느끼는 게 참 많답니다. 그러니 조만간 맛있는 거 사주시지 말입니다.

꿈은 대체로 판타지에서 시작한다

"가끔 강연이나 모임 등에 초대받아 강사료를 받지만, 자주 있는 일도 아니고 금액도 그리 크지 않아요. 즉 책 인세나 강사료, 원고료 등으로 먹고사는 건 그야말로 환상에 가까운 일이에요."

꿈은 대체로 판타지에서 시작한다. 우리가 무언가에 깊이 빠져드는 건 제대로 알지 못하기 때문이다. 그 대상이 무엇이 되었든 간에 베일에 꽁꽁 감춰졌다는 이유만으로 가치가 높아지기도 한다. 보이지 않는 부분은 우리의 상상력을 끊임없이 자극한다. 그 순간 판타지가 펼쳐진다. 꿈을 품는다. 선망의 대상을 향해 한 걸음씩 다가가기 시작한다. 하지만 이 행위는 역설적이게도 판타지가 사라지는 과정이기도 하다. 꿈에 가까워질수록 환상의 세계가 깨지고 마는, 참으로 아이러니한 일이 펼쳐지는 셈이다.

꽤 오랜 기간 작가의 꿈을 가지고 있었다. 내가 사람들에게 사랑받을 수 있는 유일한 방법은 글쓰기라 믿었다. 글을 써서 돈을 벌고 싶었다. 글을 통해 세상과 소통하고 사회적으로 영향을 끼치는 삶을 동경했다. 전국에 강연을 다니면서 내가 하고 싶은 일로 돈을 버는, 이 얼마나 멋진 삶인가. 나에게 있어 작가라는 존재는 그런 직업이자 꿈이었다.

편집자 직함을 단 이후 작가와 만나는 일이 잦아졌다. 처음 한두 달은 감히 나 따위가 작가라는 엄청난 존재와 만난다는 사실에 흥분과 설렘을 감추지 못했다. 함께 일을 해야 하는 관계임에도 팬심으로 만나니 참으로 큰 문제였다. 다행히도 인간은 적응의 동물이었고, 작가들과 만나는 자리가 점점 익숙해지기 시작했다.

A 작가님은 등단 8년 만에 첫 소설집을 냈다. 그 시기가 내 입사와 딱 겹쳤다. 편집자가 어떤 직업인지 파악조차 못한 상태에서 덜컥 우리 출판사에서 책이 나왔다. 내가 기획을 하지도 않았고 편집 업무를 맡지도 않았다. 그저 흥미로운 책이 한 권 나왔구나 생각했을 뿐이었다.

회사에서 책이 나왔는데 마침 젊고 에너지 넘치는 새내기 편집자 한 명이 들어왔다. 책과 관련한 이런저런 자리가 만들어졌다. 책 만드는 데 아무런 역할도 하지 않았지만 편집자라는 이유만으로 각종 행사나 모임에 참석하거나 진행을 맡았다. 혹시라도 책을 편집하면서 힘든 점은 없었냐는 질문을 받으면 뭐라 대답해야 하나, 쓸데없는 걱정을 하기도 했다. 음, 글쎄요… 뭐가 힘들었을까요… 잠시 대표님께 물어보고 답변 드려도 될까요…? 이따위 대답은 할 수 없으니 말이다.

부산에 있는 한 대학교에서 작가님의 소설집을 주제로 캠프가 열렸다. 2박 3일 캠프의 마지막 프로그램으로 저자와의 만남이 있었다. 약 50여 명의 대학생 앞에서 작가님을 모시고 사회를 진행해야 했다. 이 사실이 큰 부담으로 다가왔다. 이전 모임처럼 별 준비 없이 진행하긴 어려울 것 같아 작가님께 연락했다. 행사 며칠 전 사전 미팅을 잡았다.

회사 근처 북 카페에서 작가님을 만났다. 각종 모임과 행사에 참여하며 자주 보긴 했지만, 이렇게 카페에서 따로 만나기는 처음이었다. 작가님과 단둘이 만난다는 것도, 일과 시간에 카페에 앉아 한적하게 시간을 보낸다는 것도 모두 설레고 기분 좋은 일이었다. 내가 어떻게 사회를 보며 행사를 진행할 건지, 어떤 질문을 주고받을 건지 등 몇 가지 이야기를 나눴다. 이후로는 사적인 욕망을 충족하기 위해 업무와 전혀 관련 없는 이야기를 나눴다. 어쩌면 예견된 일일지도 몰랐다. 아직 모든 것에 설레는 새내기 편집자가 오랫동안 글을 써 온 작가와 만나는 자리는 아무래도 특별할 수밖에 없었다. 철저하게 비즈니스 관계여야 하지만, 아직 스타와 팬의 관계가 조금 남아 있었다. 여전히 상태가 안 좋은 편집자였다.

어떻게 글을 쓰기 시작했는지, 글쓰기 연습은 어떻게 하는지, 소설가의 일상은 어떤지, 실제 책이 나오고 주위 반응은 어떤지, 일상의 변화가 있는지 등 평소 '작가'라는 직업에 궁금했던 점을 물어보았다. 작가님께 답변을 들었다. 그 과정에서 내가 예상하지 못한 의외의 이야기도 제법 들었다. 그와 함께, 저 멀리서 지켜보던 환상의 세계가 조금씩 깨지는 소리가 들리기 시작했다.

- 작가님. 강연 때 이 얘기도 함께 나누면 어떨까요?

작가님께 제안했다.

책을 중심으로 진행하는 독서캠프인 만큼 독서와 글쓰기를 좋아하는 대학생이 많이 참여했을 거라 확신했다. 책 내용에 관해 얘기하는 것도 좋았지만, 그 외에도 좀 더 다양한 이야기를 나누고 싶었다. 나 역시 얼마 전까지 책과 글을 죽어라 좋아했던 대학생이었지만, 참 오랜 기간 환상의 세계에 빠져 있었다. 글을 통해 사람들에게 사랑받는 존재, 글쓰기로 돈을 벌고 유명해져서 멋있어 보이는 일을 많이 하는 존재. 그게 바로 내 머릿속에 선명하게 박혀있는 작가라는 직업의 이미지였다. 그 탓에 현실을 똑바로 보지 못했다.

- 돈을 벌기 위해 대학에서 시간 강사 일을 계속해야 하고, 원고 청탁이 들어오면 마감 기한에 맞춰 글도 열심히 써야 해요. 청탁이 분기별로 하나씩 들어오기도 힘든데, 설사 많이 들어온다 해도 1년 수입은 얼마 안 돼요. 가끔 강연이나 모임 등에 초대받아 강사료를 받지만, 자주 있는 일도 아니고 금액도 그리 크지 않아요. 즉 책 인세나 강사료, 원고료 등으로 먹고사는 건 그야말로 환상에 가까운 일이에요.

나는 단 한 순간도 편집자를 꿈꾸지 않았다. 편집자 직함은 작가의 꿈을 꾸다가 결국 포기하며 현실과 타협한 결과였다. 작가와 그 누구보다 가까운 존재이지만, 작가는 아닌 존재. 덕분에 작가라는 직업을 열심히 관찰할 수 있었다. 작가가 그리 매력적인 직업이 아니라는 사실을 작가의 꿈을 잠시 접어두고 나서야 깨닫게 되는 아이러니한 일이 펼쳐진 셈이다.

- 집에 가면 애도 돌봐야 해요. 가족들 밥 먹이고, 빨래도 하고, 청소도 해야 하죠. 그리 특별할 게 없는 일상이에요. 하지만 여러분과 만날 때마다 제가 '소설가'라는 사실을 인지해요. 아, 정말 내가 책을 냈구나, 내 책을 재밌게 읽은 사람이 있구나 깨달아요. 제가 소설가로 존재하는 시간이죠. 그래서 참 소중해요.

글을 쓰며 먹고살기 참으로 힘든 세상. 다른 일을 하지 않으면 생계유지조차 어려운 현실. 특별할 게 없는 일상. 하지만 독자와 만나면서 자신이 소설가 혹은 작가라는 걸 인지한다는 말이 인상적으로 다가왔다. 작가님의 말대로, 작가는 늘 지니고 있는 직업이라기보다 살아가는 데 있어 한 번씩 존재하는 직업이 아닐까.

A 작가님은 회사에 들어와 처음으로 가까워진 저자였다. 다양한 이야기를 주고받는 과정에서 작가에 대한 환상은 조금씩 깨지기 시작했다. 그러다 이번 강연에선, 미약하게나마 남아 있던 환상마저 무참하게 박살 나버렸다. 작가에 대한 환상을 품고 있는 대학생들에게 뭔가 도움이 될 만한 이야기를 전달하고 싶어서 작가님께 제안한 건데, 오히려 내가 당해버린 셈이다.

꿈은 대체로 판타지에서 시작한다. 하지만 꿈에 가까워질수록 판타지의 세계는 점점 깨진다. 모든 환상이 사라지고 꿈의 진짜 모습을 있는 그대로 보게 되었을 때, 누군가에겐 꿈이 사라지는 순간일 수도 있다. 그리고 누군가에겐, 진짜 꿈이 시작하는 순간일 수도 있다. 그동안 품고 있었던 작가의 꿈이 조금 무색하게 느껴졌다. 나는 과연 어느 쪽일까.

원고 좀 주시지 말입니다

"건강이 안 좋아 원고 마감이 계속 밀리는 저자, 그런 저자에게 하루에도 몇 번씩 연락하며 원고를 보채는 편집자. 출간 작업 내내 설렘보단 초조함과 불안함, 걱정 등의 감정이 대부분이었다."

회사에 들어온 지 딱 한 달이 지났을 무렵, SNS에서 한 행사 홍보 글을 봤다. 다른 곳에서 주최하는 우리 회사 저자의 북토크였다. 시작은 저녁 7시, 퇴근하고 곧장 지하철을 타면 아슬아슬하게 도착할 수 있을 거 같았다. 마침 다른 일정은 없었다. 다만 몸이 조금 피곤했다. 배가 고팠다. 행사에 참여하는 건 의무가 아니라 내 선택이었다. 회사에 적응한다고 정신이 없었다. 내게 필요한 건 좋은 강연 하나가 아니라 하루 푹 쉬는 일일지도 몰랐다. 얼굴 한 번 비추며 인사드리러 간다고 하지만, 그것이 퇴근 후 몇 시간을 투자할 만한 일인지 판단이 서지 않았다. 이전에 뵌 적도 없었고 당장 책 작업을 진행할 것도 아니지 않은가. 그럼에도 꾸역꾸역 행사장으로 향하는 지하철에 몸을 맡겼다.

B 작가님의 책은 1년 전 우리 출판사에서 출간되었다. 새롭게 시작하는 소설선의 첫 번째 작품이기도 하고 작가님 역

시 등단 10년 만에 처음으로 낸 단행본이기도 했다. 편집자이긴 하지만 아직 책 편집을 맡은 적이 없는 만큼 나는 독자에 가까웠다. 덕분에 순수하게 읽을 수 있었다. 소설은 무척 재미있었다. 덩달아 이 소설을 쓴 B 작가님에게 관심이 갔다. 우리 회사 저자라서가 아니라 그냥 순수한 독자로서, 내가 감명 깊게 읽은 작품을 쓴 저자를 만나고 싶었다. 그럼에도 내가 편집자라는 이유 때문에 괜히 일의 연장 선상이 아닐까 쓸데없는 고민을 하고 있었다.

행사가 시작한 지 얼마 지나지 않아 피곤함은 금세 사라졌다. 오로지 책을 통해 만났던 작가님을 실제로 만나 이야기를 듣는 건 색다른 경험이었다. 퇴고를 100번이나 한다니, 주위 세계를 그토록 세삼하게 관찰하다니, 한마디 한마디가 모두 놀라웠다. 이어서 책에 있는 작품 중 하나로 만든 연극이 상영되었다. 오로지 텍스트로만 읽었던 세계가 새롭게 펼쳐졌다. 소설이라는 하나의 새로운 세계, 그 속에서 누군가는 위로와 감동을 받고 또 삶의 희망을 얻는다는 게 무척 신기했다. 책의 힘이 이토록 대단했다니.

아직 내가 어떤 일을 하는지도 정확히 모르는 새내기 편집자였다. 다만 내가 들어온 출판사에서 이토록 좋은 책을 냈다는 것과 그 내용을 바탕으로 만들어진 연극이 상영되며 많은 사람의 마음을 움직이고 있다는 사실은 특별하게 다가왔다. 내가 직접 글을 쓰진 않지만 작가와 독자가 만날 수 있도록 그 중간 지점을 만들어 이들을 이어주는 것, 직접 감동을 주기보다 작가와 독자 간 감동이 오갈 수 있는 플랫폼을 만드는 것, 그게 바로 출판사의 역할이자 편집자의 역할이 아닐까 싶었다. 내가 이 어려운 일을 할 수 있을까 하는 걱정보다 이토록 멋진 일을 한다는 사실에 대한 설렘이 더 강했다. 행사를 마치고 집으로 향하는 발걸음은 무척 가벼웠다. 피곤함은커녕 가슴이 벅찼다. 아, 회사 일을 너무 좋아하면 안 되는데, 큰일이다!

입사한 지 일 년이 다 되어갈 무렵, B 작가님과 다시 만날 일이 생겼다. 작가님의 두 번째 단행본 작업이었다. 그동안 작가님이 신문 혹은 잡지에 쓴 칼럼을 모아 산문집을 출간하기로 했다. 갓 입사했을 당시 작가님의 북토크에 참여했던 기억은 여전히 인상적으로 남아 있었다. 그래서일까, 책 작업을 앞두고 기분이 묘했다. 이번엔 순수한 독자가 아닌, 함께 작업을 진행하며 책을 만들어야 하는 편집자 위치에 있었다. 내가 당시 받았던 감동을 보다 많은 사람에게 전달하고 싶었다. 과연 그 역할을 해낼 수 있을까, 걱정과 설렘이 엎치락

뒤치락했다.

　　작업은 생각만큼 순탄치 않았다. 연말이 가까워질수록 회사는 점점 바빠졌다. 기존에 있는 출간 프로세스로 작업을 진행하기 어려운 상황이 펼쳐졌다. 거기다 작가님의 건강 상태가 한동안 좋지 않았다. 작가님께 원고를 받기로 한 날짜가 뒤로 밀리기 시작했다. 그렇다고 출판사에서 먼저 할 수 있는 일은 없었다. 작가님 손에 있는 원고가 넘어와야 작업을 시작할 수 있었다.

　　출간 일정이 다가올수록 마음이 점점 조급해졌다. 작가님께 몇 번씩이나 연락드리며 원고 마감 날짜를 말씀드렸지만 마감 일자는 한없이 늦춰지고 있었다. 작가님 건강 상태는 좀처럼 나아지지 않았다. 더군다나 정해진 기간 내로 지원금을 받은 기관에 반드시 제출해야 하는 책이었다. 디자이너가 원고를 얼른 달라며 거듭 요청했다. 마감이 정해진 일이 작업 기간이 줄어들면 자연스레 업무 강도가 높아지거나 야근으로 이어지기 때문이었다. 책의 퀄리티 문제도 있었다. 원고를 늦게 받으면 디자인이든 교정이든 아무래도 빈틈이 많아질 수밖에 없었다. 하지만 작가님께 연락을 드릴 때마다 '죄송하다'라는 말과 함께 시간을 조금만 더 달라는 답변을 받았다. 계속 보채는 것 같아 나도 마음이 좋지 않았다. 출판사와 저자 사이에서 이러지도 저러지도 못하고 있었다. 말 그대로 둘 사이에 끼어버렸다. 누가 출판의 꽃이 편집이라 했던가. 편집은 그럴지 몰라도 그게 주 업무인 편집자는 항상 이리 치이고 저리 치이며 모두에게 죄송하고, 난감하고, 답답하고, 그래서 연신 한숨을 내쉴 수밖에 없는 존재임이 틀림없었다. 1년간 일하면서 편집자 업무에 조금이나마 익숙해졌다고 생각했는데, 전혀 아니었나 보다.

　　우여곡절 끝에 책이 나왔다. 마감 날짜를 아슬아슬하게 지켰다. 새내기 편집자 시절 나에게 커다란 동경을 심어준 작가님과의 첫 작업은 그리 우아하지 않았다. 건강이 안 좋아 원고 마감이 계속 밀리는 저자, 그런 저자에게 하루에도 몇 번씩 연락하며 원고를 보채는 편집자. 출간 작업 내내 설렘보단 초조함과 불안함, 걱정 등의 감정이 대부분이었다. 사무실에 도착한 책을 보자 안도의 한숨이 나왔다. 결국 무사히 출간되었구나, 힘이 빠졌다.

　　며칠이나 지났을까, 작가님 SNS에 글이 하나 올라왔다. 이번에 나온 책에 관한 글이었다. 우여곡절 끝에 책이 나오게 되었는데, 몸이 좋지 않아 글에 대한 아쉬움이 많았다고 했다.

"그럼에도 불구하고 나오게 된 책. 매번 약속한 날에 죄송하다, 문자 넣는 것이 내 일이었고 그때마다 출판사 편집자는 괜찮다, 괜찮다, 다독여줬다. 그 괜찮다는 말이 몹시도 두려워서 포기를 포기했다."

오, 내 이야기구나. 작가님이 이렇게 직접 언급해주시다니, 괜히 기분이 좋았다. 좋아요를 누르려다 말고 멈칫 했다. 괜찮다는 말이 몹시도 두려워 포기를 포기했다는 마지막 문장이 가슴에 훅 들어왔다. 빠듯한 일정에 상황도 안 좋았지만, 다행히 별 탈 없이 책이 나왔다. 작가님과 미팅을 하며 책 제목을 정하고, 구성을 잡던 기억이 주마등처럼 스쳐 지나갔다. 정말 내가 없었다면 나오지 않았을 책이었을까 하는 생각이 조심스레 떠올랐다. 편집자란 무엇일까, 과연 어떤 존재일까. 좀처럼 답하기 어려운 질문들이 머릿속을 둥둥 떠다녔다.

이제 그만 좀 바쁘시죠, 팀장님

"정오 씨 같은 경우는 공모사업 몇 개를 진행하면서 문화예술 분야를 조금 경험해본 거로 알고 있어요. 생활만 해결되면 못해도 몇 년은 도전해보는 것도 괜찮을 거 같아요."

    C 팀장님은 대학생 시절, 한 청년문화 관련 모임에서 처음 만났다. 당시 C 팀장님은 문화기획 일을 하는 협동조합에서 팀장으로 재직 중이었다. 나이 차이가 제법 났음에도 청년 문화에 관심이 많고 글에도 일가견이 있는 분이라 인상에 남았다. 더군다나 스스로를 '문화기획자'라 소개했다. 문화기획자라니, 얼마나 멋진 단어인가! C 팀장님 자체보단 문화기획자라는 직함에 더 관심이 갔다. 행사나 프로그램을 기획하고 운영하는 걸로 먹고 살 수 있는 방법이 있는 걸까? 나도 그렇게 살고 싶었다. 아무래도 전공 공부는 영 재미없었다. 하고 싶은 일을 하면서 밥벌이를 하면 참 좋을 거 같은데, 이미 그렇게 사는 사람이 눈앞에 있으니 신비롭게 다가왔다. 가까워지고 싶었다.

- 대외활동을 많이 했더라도 활동에 대한 성과나 가치에만 만족하진 않았는지 냉정하게 생각해볼 필요가 있어요. 팀원들의 경제적인 문제를 해결할 수 있는 구조를 만들기 위해 누군가 노력을 했냐는 거죠. 우리에게 필요한 활동비가 얼마인지, 그리고 이걸 충당하기 위해서 어떤 걸 해야 하는지 고민해야 해요. 지원 사업이든 용역이든 자기만의 가치와 기준을 정해서 거기에 부합하면 돈을 벌기 위해 마땅히 해야죠. 의미나 가치만 따진다면 평가받을 필요도 없고 대부분 박수 쳐주니 편하고 좋긴 해요. 하지만 직업이라 할 순 없어요. 굳이 따지자면 예술가에 가깝겠죠. 예술가가 아닌 기획자라면 자금을 어떻게 마련할 것이며 자신의 가치를 어떻게 현실에서 구현할 것인지 치열하게 생각해야 해요.

　C 팀장을 처음 만나고 1년 6개월 정도가 지났다. 그동안 문화기획이라는 분야에 본격적으로 뛰어들어 각종 공모사업과 프로젝트를 진행했다. 내가 하고 싶은 일을 밥벌이로 만들기 위해 열심히 발버둥 쳤다. 문화기획자 흉내를 내고 싶었다. 하지만 현실의 장벽은 너무도 높았다. 일이 많은 건 어떻게

든 버틸 수 있었다. 다만 경제적 문제는 의지만으로 해결되지 않았다. 월세와 공과금이 밀리기 시작했다. 돈이 없어서 포기해야 하는 취미생활이 하나둘 늘어났다. 술자리에 나가는 횟수가 점점 줄어들었다. 노트북과 책 한 권 들고 카페에 온종일 죽치고 앉아 있는 게 유일한 낙이었는데 그마저도 점점 부담스러워졌다. 가치와 꿈을 그토록 부르짖었지만 그것이 내 경제적 문제를 해결해주지 못했다. 27살의 끝자락을 맞이하는 내가 이토록 비참할 줄이야.

자리에 누워도 쉽게 잠들지 못했다. 불면증은 내 삶을 갉아먹고 있었다. 하루하루 무기력함에 빠진 채 시간을 축내고 있었다. 그렇게 한 달을 보냈다. 이렇게 살면 안 되겠다는 절박한 마음에 다시금 사람을 만나기로 다짐했다. 꿈과 현실에 대한 생각을 묻고 다녔지만 사실은 내 진로 고민 상담이나 다름없었다. 여러 질문을 준비했지만 결국 요약하면 '저 대체 뭐 먹고 살아야 합니까?'였다. 그 과정에서 C 팀장님께 인터뷰를 요청했다. 이런 내 의도를 단번에 들킨 걸까, C 팀장님의 한 마디 한 마디는 내 가슴을 후려 팠다.

 - 보통 취업 준비를 하는 사람들은 2~3년 동안 돈 한 푼 벌지 못하면서 묵묵히 공부해요. 자신의 활동을 직

업으로 만들기 위해선 훨씬 더 많이 고민하고 노력해야죠. 문화예술 영역에서 활동하는 사람을 보면 자신이 해왔던 것에 대한 가치를 너무 높이 평가하는 경향이 있어요. 대학 학점을 다 포기하고 미친 듯이 했다면 그 영역에 충분한 시간과 노력을 썼다고 볼 수 있어요. 다만 학교에 다니면서 할 거 다 하고 남는 시간에 했다면, 그건 대외활동에 가깝죠. 과연 직업으로 전환될 수 있을 만큼의 시간을 썼는지, 그만한 역량을 가지고 있는지 스스로 의문을 던져봐야 해요. 그저 남들보다 조금 더 잘하는 정도일 수도 있어요. 못해도 3년은 모든 것을 걸고 투자해야 일반적으로 취업을 준비하는 사람들과 맞먹을 수 있지 않을까요. 그때가 되면 비로소 직업이라는 개념이 조금씩 자리 잡는다고 봐요.

C 팀장님의 대답에 지난날의 모습들이 스쳐 지나갔다. 돈은 전혀 신경 쓰지 않으면서 오로지 가치와 의미만을 강조했던 모습이, 생계문제에 대한 고민보다 언론의 주목이나 주위의 박수 소리에만 빠져 있던 모습이, 나는 특별한 사람이라 확신하며 대기업, 공기업, 공무원 등을 준비하는 주위 사람을 평범하다는 둥 꿈이 없다는 둥 비판했던 모습이, 어쭙잖은

능력을 그럴듯하게 포장하며 전문가 흉내를 냈던 모습이 고스란히 드러났다. 대체 뭐 먹고 살면 좋을지 상담하러 왔다가 실컷 혼나는 기분이었다.

C 팀장님이 원래 이렇게 냉철한 분이었나. 강연, 컨설팅, 멘토링 등을 통해서만 만나다 개인적으로 만나니 느낌이 확 달랐다. 결국 요약하면, 그냥 딴 일 찾아보라는 말 아닌가. 전공으로 취업하라는 얘기 아닌가. 내가 듣고 싶었던 말은 이게 아니었는데.

- 전공을 살려 돈을 많이 버는 삶은 가치 때문에 걸리고, 가고 싶은 분야로 나아가는 건 두려움 때문에 걸린다고 봐요. 그럴 땐 한 가지를 선택했을 때 각각 무엇을 잃게 되는지 비교해보세요. 너무 세부적으로 하나하나 비교하면 어려울 거예요. 그냥 지금 이 순간 보고 판단하는 거죠. 정오 씨 같은 경우는 공모사업 몇 개를 진행하면서 문화예술 분야를 조금 경험해본 거로 알고 있어요. 생활만 해결되면 못해도 몇 년은 도전해보는 것도 괜찮을 거 같아요. 스스로 이 영역에서 활동하면서 얻는 자기성장 동력이나 가치적인 만족도가 충분히 높다고 하면 말이죠.

오롯이 C 팀장님의 한 마디에 내 진로를 결정한 건 아니었지만, 당시 인터뷰는 내가 진로 고민을 끝내고 다음 단계로 나아가는 데 많은 도움이 되었다. 여러 과정을 거치며 지금의 회사에 들어왔다. 이후 놀라운 사실 몇 가지를 알게 되었다. 회사 대표님과 C 팀장님은 한참 전부터 알고 지낸 사이라 했다. 집이 가까워 밤에 갑자기 불러내도 반바지에 슬리퍼를 질질 끌며 나온다는 얘기를 들었다. 우선 여기서 처음, 환상이 깨졌다. 내가 그동안 만나왔던 것처럼 멋진 옷을 입고 무대에 서서 강연하던 분이 반바지에다 슬리퍼라니! 또 하나는 일이 많아서 무지하게 바빠 보인다는 것. 심사며 컨설팅이며 강연이며 전국 곳곳을 돌아다닌다고 늘 정신없어 보였다. 심지어 KTX 표 출발지와 도착지를 반대로 입력해 끊기도 했고, 운동화를 짝짝이로 신고 나온 적도 있다고 했다. 게다가 먹고 사는 문제로 여전히 고민이 많아 보였다. 나름 부산에서는 유명한 분이고 한 분야의 전문가라서 진로 고민 같은 건 안 할 줄 알았는데. 뭐 먹고 살아야 하나, 돈은 어떻게 벌어야 하나, 지금 이 일을 계속할 수 있을까, 대표님과 함께 셋이서 술자리를 가질 때면 그런 걱정과 고민을 듣기도 했다. 여기서 또 환상이 깨졌다.

- 팀장님, 회의 늦으신다고요? 네, 알겠습니다...

회사 보금자리를 옮긴 후 C 팀장과 같은 공간을 사용
하게 됐다. 공모사업 혹은 프로젝트를 함께 기획하고 진행하
는 일도 잦아졌다. 한때 동경의 대상이었고 컨설팅, 멘토링은
물론 진로 고민 상담까지 해준 사람과 함께 일을 한다는 사실
이 신기하게 다가왔다. 그런데 팀장님, 바빠도 너무 바쁘다.
회의에 지각하거나 빠지는 일이 잦았다. 워낙 정신이 없어 이
전 회의 때 약속한 일을 까맣게 잊는 경우도 종종 있었다. 게
다가 술 먹으면 했던 얘기를 또 하고 잔소리도 많아졌다. 얼큰
하게 취할 때면 우리 회사 대표님과 자주 다투곤 했다. 나에
게 '문화기획자'라는 환상을 심어주었던, 진지하게 내 진로 상
담을 해주던 그분은 어디 가셨나. 남은 환상마저 와장창 깨졌
다. 내가 제멋대로 만든 환상을 결국 스스로 깨고 있었다. 이
제야 C 팀장님의 진짜 모습이 보이기 시작했다. 가까워지긴
했나 보다. 아무튼 우리 회사와 협업을 시작하며 사업을 무지
하게 많이 벌였다. 예전처럼 의미나 가치를 따지며 고민하기
엔 당장 해야 하는 일이 산더미처럼 쌓인 상태다. 그럼에도 C
팀장님은 여전히 바쁘고 정신없어 보인다. 이제 그만 좀 바쁘
시죠, 팀장님.

고달픈 대표보단 어설픈 직장인이 더 좋은 법!

"하지만 실상은 매일 돈 걱정에 주름살이 늘어갔다. 저녁이 되어도 퇴근은커녕 다시 사무실에 출근하는 게 일상이었다. 직원들 월급날이 가까워지면 깊은 한숨을 내쉬곤 했다. 전혀 우아하지 않았다. 화려함 이면에 감춰진 실상이자, 열심히 발버둥 치는 모습이었다."

　　　오늘 대표님이 두 시에 온다고 했으니, 그때까진 쉬엄쉬엄 일하기로 했다. 음악을 크게 틀고, 보조 의자를 하나 가져와 다리를 턱 올린다. 여유 있게 인터넷 서핑을 한다. 정치 기사부터 생활 기사, 연애 기사까지. SNS도 페이스북부터 시작해 블로그, 인스타그램, 브런치까지 쭉 한 바퀴 돌린다. 사무실에서 딴짓 하는 거만큼 재미난 건 없다. 놀면서 돈 버는 기분이다. 시간도 잘 간다. 그러다 대표님이 불쑥 등장한다. 두 시가 되려면 아직 십 분 남았는데, 차가 안 막히셨나. 원래는 두 시에 오신다고 하면 세 시쯤에 도착하는 편인데. 급히 음악을 줄이고, 자세를 바로 하고, 인터넷 창을 닫는다. 순식간에 열일 모드에 들어간다. 눈알이 빠질 듯 모니터를 바라본

다. 한숨을 연신 푹푹 내쉰다. 정오 요즘 일이 많지? 아, 아닙
니다! 대표님의 격려에 멋쩍게 웃으며 대답한다. 이 얼마나 바
람직한 사장과 직장인의 관계인가. 사기극은 이토록 훈훈하
게 마무리된다.

　　대표님이 자리에 앉는다. 컴퓨터를 켠다. 얼마 지나지
않아 계산기 두드리는 소리가 유난히도 크게 울려 퍼진다. 돈
이 오가는 소리들이다. 작가들 인세를 정리하고, 인쇄소나 종
이 회사에 밀린 결제를 처리하고, 곳곳에 계산서를 발행한다.
그중 직원에게 주는 월급도 있다. 여기저기 전화를 한다. 재
단, 기관, 서점 등에 전화해 돈을 입금해달라고 요청한다. 급
한 업무가 끝나고 한숨 돌리려던 차, 자리에서 일어난다. 조금
있다 강연이 있다고 한다. 그 후 미팅 하나가 있다고 한다. 아
마 계약 관련 미팅이 아닐까 싶다. 그렇게 돈 관련 업무를 마
치면 또다시 돈을 벌기 위해 떠난다.

　　대표님은 20대 시절 가수로 활동했다. 그때 만든 음
반이 한국 100대 명반에 선정되었다. 음악 활동을 마치고 대
학원에 입학해 사회학과 박사 과정을 수료했고, 졸업 후 문화
기획 일을 하면서 전국적으로 주목할 만한 성과를 내기도 했
다. 몇 권의 책을 집필했는데, 내는 책마다 세종도서를 비롯해

여기저기서 상을 받았다. 출판에 대한 경험 없이 무작정 시작한 1인 출판사는 10년이 훌쩍 지나 지역의 이름 있는 출판사로 자리매김했다.

음악가, 사회학자, 문화기획자, 작가, 그리고 출판인까지. 대표님은 다양한 이력을 가지고 있었다. 파란만장한 삶을 살았고 다양한 직업 혹은 직함을 거쳐 왔는데, 발자국 하나하나가 묵직했다. 많은 것에 도전했고 대부분 커다란 성과로이어졌다. 이러한 성취를 과거형이라고 하기엔 지금도 다양한분야에서 왕성하게 활동하고 있다. 대학에 수업을 나가며 학회 활동도 꾸준히 하고 있다. 방송에도 출연하며 라디오 녹음도 했다. 여기저기 보낼 원고를 쓰고, 강연, 교육 프로그램, 창업 멘토링, 심사 등 몸이 열 개라도 모자란 일정을 몇 년째 소화하고 있다. 그 여러 가지 일을 해내는 능력이든, 그만한 에너지를 유지하는 체력이든 입이 쩍 벌어질 만큼 대단한 분임에는 틀림없다.

처음 회사에 발을 디딜 때, 동경의 시선으로 대표님을바라보았다. 평소 멘토라는 단어를 싫어했음에도 새로운 멘토가 생긴 것이다. 노동자가 자본가를 멘토로 삼는 우스꽝스러운 일이 펼쳐졌다. 마르크스가 절로 한숨을 내쉴 풍경이자,

라보에티가 말하는 '자발적 복종'에 딱 들어맞는 모습이었다.

시간이 지나며 그동안 보이지 않던 것들이 하나둘 눈에 들어오기 시작했다. 편집자와 디자이너가 책 만드는 일을 한다면 대표님은 책을 만들기 위한 세계를 유지하고 개척하는 데 대부분의 에너지를 쏟아부었다. 일과 관련해 다양한 사람을 만났다. 돈이 될 만한 일을 구해왔다. 계약서에 도장을 쿵쿵 찍어댔다. 대표님이 구해온 일거리가 우리 앞에 던져지면, 각자 역할을 분담하며 그 일을 진행했다. 그동안 대표님은 또 다른 일을 구하러 다녔다. 덕분에 회사에는 돈이 계속 흘렀다. 흐른다는 건 공급이든 수요든 어느 한 쪽에 막힘이 없는 상태다. 물은 높낮이만 있으면 흐르지만 돈은 그렇지 않았다. 누군가는 그 흐름을 유지하기 위해 피땀을 흘려야만 했다. 여느 회사가 그렇듯, 우리 회사 역시 대표님이 그 역할을 담당하고 있었다. 한마디로 계산기를 열심히 두드리는 일이었다.

그럼에도 지역의 자그마한 출판사다 보니 매출이 그리 높지 않았다. 책 만드는 일만으로는 도저히 회사 운영비용이 충당되지 않아 각종 프로젝트를 진행했다. 그럼에도 회사 재정 상태는 여전히 여유롭지 않았다. 대표님은 지난 10년간 회사에서 월급을 받아본 적이 단 한 번도 없다고 했다. 오히려 다른 일로 열심히 돈을 벌어 회사에 투자하기 급급했다.

회사 사정이 안 좋으면 대출을 받거나 여기저기 돈도 빌리러 다녔다. 직원들 월급이 밀리지 않기 위해 주위 사람에게 아쉬운 소리나 하고 은행에서 돈을 빌리는, 그런 존재가 정녕 대표란 말인가.

　대표님 개인에 초점을 맞춰도 삶의 질이 그다지 높아 보이지 않았다. 회사를 유지하는 것 외에도 가족을 먹여 살려야 하는 한 명의 가장으로서 돈을 벌어야 했다. 그러니 늘 강연, 심사 등으로 바빴다. 낮에는 외부 활동을 하고 저녁이 되어서야 사무실에 들어와 잡무를 처리하곤 했다. 평일은 물론 주말도 이런 일상이었고, 공휴일에도 출근하는 일이 다반사였다. 취미 생활은 엄두도 내지 못할 만큼 바빠 보였다. 1년 365일 정신없어 보였다. 책 읽고 글 쓰는 일을 좋아해서 회사를 만들었는데, 오히려 회사를 유지한다고 책 읽고 글 쓰는 시간이 사라져버렸다. 작심하고 책을 쓴 게 5년 전이 마지막이라 했다. 작가로서 슬럼프라면 슬럼프였다.

　열악한 환경 속에서 무려 10년 동안 꾸준히 출판사를 운영하며 책을 만들고 있는, 지역 출판사 대표. 글이면 글, 말이면 말, 다 되는 만능인. 이게 내가 처음 회사에 들어올 때 바라봤던 대표님의 모습이자, 현재 미디어나 주위 사람에게 비치는 대표님의 모습이었다. 하지만 실상은 매일 돈 걱정에 주름살이 늘어갔다. 저녁이 되어도 퇴근은커녕 다시 사무실에 출근하는 게 일상이었다. 직원들 월급날이 가까워지면 깊은 한숨을 내쉬곤 했다. 전혀 우아하지 않았다. 화려함 이면에 감춰진 실상이자, 열심히 발버둥 치는 모습이었다.

출판계에 첫발을 디뎠을 당시, 지금 회사에서 일을 잘 배워 훗날 출판사를 차리겠다며 의지를 불태우곤 했었다. 다만 대표님의 모습을 가까이서 지켜보는 과정에서 그런 생각이 싹 사라졌다. 그냥 월급 받으면서 시키는 일만 열심히 하는, 딱 이 정도가 좋다. 너무 바빠서 취미 생활은 엄두도 못 내고, 회사에서 돈도 못 가져가고, 사무실에 들어오면 하기 싫은 일이 잔뜩 쌓여있는 일상은 아무래도 끔찍하다. 우리 중 책 만드는 일과 가장 거리가 먼 일을 하는 사람은 대표님이었다. 하고 싶은 일보다 해야 하는 일에 둘러싸여 있는 사람 역시 대표님 쪽이 더 가까웠다. 직원들이 책 만드는 일에 익숙해지고 능숙해질수록 대표님은 오히려 책 만드는 일과 거리가 멀어졌다. 그냥 꼬박꼬박 월급 받으면서 시키는 일만 하는 게 더 편하고 즐거울 것만 같다. 암, 그렇고말고.

- 와, 이거 띄어쓰기 오타가 진짜 많네... 정오야, 바

빠?

    대표님이 교정을 보기로 한 원고 상태가 영 좋지 않은가 보다. 책을 기획하는 것보다, 낑낑거리며 택배를 옮기는 것보다, 계산기를 두드리는 것보다 더 따분하고 재미없는 일은 바로 교정·교열이었다. 노하우나 경험이 있어도 절대적인 노력과 에너지, 시간이 필요한 일에 가까웠다. 그럼에도 반드시 해야 하는 일이었다. 교정·교열만큼 하기 싫어도 해야 하는 일이 또 있을까 싶다. 그런데 지금, 그게 문제가 아니다. 대표님이 이 어렵고 힘든 일을 나에게 떠넘기려는 듯한 기미가 보인다.

    - 아, 북토크 홍보도 해야 하고, 이번에 나온 신간 마케팅안도 작성해야 하고, 공모사업 기획서도 써야 하고…

    저 일을 받는 순간 내 일정이 완전히 뒤엉킬 게 분명했다. 그 뒤엉킴을 풀기 위해선 또 몇 날 며칠을 고생할 게 뻔했다. 현재 맡고 있는 일을 한 번에 열거하며 대답했다. 조금 전까지 한가하던 손이 빨라지기 시작했다. 대표님이 반반씩 나누자고 했다. 그것도 어렵다고 했다. 더 바쁜 척을 했다. 이때 전화까지 한 통 와주면 금상첨화인데! 지금 오는 전화라면 제아무리 빈거로운 전화라도 곱게 받을 자신이 있었다. 아니, 나를 갑자기 바쁘게 만들어줄 업무 하나를 탁 던져줬으면 싶었다.

그렇게 대표님과 암묵적인 밀당이 진행되었다. 입사 결정이 되던 당시의 밀당과 사뭇 대조되었다. 일을 주려는 자와 그 일을 받지 않기 위해 발버둥 치는 자의 싸움이 시작되었다. 물 한 모금 마시지 않고, 기지개 한 번 펴지 않고 오로지 모니터에만 집중했다. 그러면서 일이 힘든 척 연거푸 한숨을 내쉬었다. 시간이 흘렀다. 마침내 퇴근 시각이 다가왔다. 얼른 짐을 챙겼다. 내가 저 일을 받으면 대표님이 다른 일을 하거나 휴식을 좀 취할 수 있겠지만, 나도 충분히 바쁘다. 내 코가 석 자다. 잠깐 하다 말 게 아니라면 페이스 조절을 해야 한다. 저 일을 받을 수 없는 게 현재 내 페이스다. 암, 그렇고말고.

- 대표님, 저 먼저 퇴근해보겠습니다.

회사를 나선다. 오늘 하루도 고생했구나. 맥주나 한 잔 할까? 여기저기 카톡을 보내본다. 일이 다 끝나지 않아도 먼저 퇴근할 수 있는 건 역시나 대표가 아닌 직원이다. 아무래도 이쪽이 더 행복하고 또 여유롭다. 고달픈 대표보단 어설픈 직장인이 훨씬 낫다. 고로 대표는 할 게 못 되는 법!

chapter4 -
저는 사회 초년생입니다

항상 고상할 필요는 없잖아?

"니체와 칸트가 머릿속에서 사라졌다.

사회 문제나 정치, 한국 출판계, 부산문화 판에 대한 고민도 사라졌다.

그냥 친구와 시답잖은 이야기를 나누는 박정오만 남아 있었다."

'노잼 박정오', 대학 시절 누군가가 붙여준 별명이다. 예전부터 진지하다는 얘기를 많이 듣곤 했다. 좋게 말하면 생각이 깊다는 거고, 나쁘게 말하면 지루한 사람이라는 의미였다. 특히 복학 후 책과 글쓰기에 본격적으로 빠져들며 이 증상은 더욱더 깊어졌다. 친구들과의 대화가 점점 재미없어졌다. 나는 고상한 이야기를 하고 싶었다. 공자와 소크라테스에 대해 얘기하고 싶었다. 데카르트에 대해, 칸트에 대해, 니체에 대해 토론하고 싶었다. 아니면 사회 문제에 대해, 정치에 대해 얘기해도 재밌을 거 같았다. 하지만 3~4학년 공대생들에겐 취업 이야기와 연애 이야기가 전부였다. 아무리 생각해도 친구들이 정상이고 내가 이상했다. 다만 결핍감과 아쉬움은 좀처럼 사라지지 않았다.

출판사에 들어온 이후 나를 둘러싼 환경이 완전히 바뀌었다. 대표님을 열심히 따라다니며 술자리에 자주 참석하다 보니, 내가 꿈꾸던 상황이 펼쳐지기 시작했다. 작가, 교수, 문화 기획자, 예술가 등과 자주 만났다. 술자리에서 온갖 얘기들이 오갔다. 철학에 대해, 사회 문제에 대해, 정치에 대해, 문화예술 판에 대해 한바탕 토론이 펼쳐졌다. 일본과 중국이 등장했다. 고대 그리스로 거슬러 올라갔다. 마치 강연을 듣고 있는 기분이 들었다. 친구들과 있을 땐 단 한 번도 나누지 못한 고상한 이야기들이 격렬하게 오가고 있었다. 마음 같아선 메모라도 하고 싶은 이야기들이었다. 나 역시 말이 적은 편이 아니었지만, 이런 자리에 참석하면 한마디도 하지 않았다. 듣고만 있어도 이 자리에 함께 있다는 사실만으로 충분히 가슴이 설렜다.

입사한 지 1년이 지나자 술자리가 예전만큼 설레진 않았다. 여전히 알차고 의미 있는 이야기가 오갔고 배울 점도 많았지만, 아무래도 업무와 관련 있는 이야기가 대부분이었다. 예를 들어 작가와 이야기하다 보면 다음 작품 집필에 대한 이야기로 이어지게 된다. 문화 기획자와 얘기하다 보면 회사와 함께 해볼 만한 문화기획 이야기로 넘어간다. 이런 책 내보자, 이런 행사 만들어 보자는 등 얘기가 오간다. 이곳이 술자리인지 회의 자리인지 구분이 안 갔다. 피로감이 점점 축적되었다.

- 야, 나 이번 주 금요일에 부산 간다. 술 먹자!

C의 카톡에 반가운 마음이 앞섰다. 다행히 그날 다른 약속이 없었다. 퇴근 후 울산에서 넘어온 C와 오랜만에 만났다. 둘이서 만나는 건 몇 달 만이었다. 대학 시절 내가 별 흥미를 보이지 않았던 이야기를 유난히도 많이 했던 C는 연봉이 어마어마한 대기업에 다니고 있었다. 비싼 차를 끌고 왔다. 옷을 멋지게 차려입었다. 손목에 삐까뻔쩍한 시계도 차고 있었다. 대학에 다닐 때만 해도 같이 도서관에서 밤새워 공부하며 컵라면 먹던 사이였는데, 기분이 묘했다. 그래도 각자 선택한 길을 걸어가는 거니 부럽거나 하진 않았다. 아니, 사실 돈 많은 건 조금 부럽긴 했다.

C와 술 한잔하니 다시금 대학 시절로 돌아간 기분이 들었다. 당시엔 술 마시고 싶을 때면 밤늦게 서로를 불러내곤 했다. 특별한 일이 없으면 슬리퍼를 질질 끌며 학교 앞 막걸리집에서 만나곤 했다. 이제 둘 다 직장인이 되었다니, 시간이 이토록 빨리 흐를 줄이야. 아니나 다를까, 술자리 주제는 이런 그리움이나 회상만으로 끝나지 않는다. 유난히도 노는 걸 좋아

하고 이성에 관심 많은 C는 온갖 얘기를 쏟아내기 시작했다.

C는 주위 사람들을 많이 챙기는 타입이었고, 덕분에 남녀 모두에게 인기가 많았다. 대부분 사람과 원만한 관계를 유지하곤 했다. 특히, 돈을 잘 써서 더욱. C는 여자에 관심이 많았다. 일생일대의 관심사처럼 보였다. 어쩌면 놀기 좋아하는 20대 후반의 남자라면 그리 이상할 것 없는 모습이었다. C는 대기업에 다니며 자신이 하고 싶은 걸 충분히 즐기며 잘 살고 있었다. 물론 너무 과하긴 했다. 이 녀석, 얼마 전에 여자친구랑 헤어졌다더니 증상이 더 심해진 거 같다.

C의 이야기를 들으며 때론 맞장구를 쳐주기도 했고, 감탄하기도 했다. 미친놈이라며 웃기도 했고, 쓰레기라며 욕하기도 했다. 여자 이야기라고 해서 마냥 나쁜 이야기만은 아니었다. 오히려 그냥 살아가는 이야기에 가까웠다. 우리 인생은 사랑 아니면 여행이라고 누가 말했던가. 그 사람 말대로라면 우리는 인생의 절반에 관한 이야기를 하고 있었다. 무엇보다 퇴근 후에도 카페에 가서 책 읽고 글 쓰는 나에게 어느 정도 필요한 부분이기도 했다. 프랑스 철학자 사르트르와 보부아르의 계약 결혼, 마르틴 하이데거와 한나 아렌트의 정신적 사랑을 떠올리며 환상에 사로잡혀있는 나에겐 현실적인 감각이 필요했다. 나와 정 반대편에 있는 C의 존재는 내가 서 있는 곳을

자각하게 만들었다. 물론 둘 다 상태가 영 안 좋긴 했다. 뭐든 중간이 최고인 법인데.

C와 술을 먹다 보니 어느새 머리가 가벼워졌다. 니체와 칸트가 머릿속에서 사라졌다. 사회 문제나 정치, 한국 출판계, 부산문화 판에 대한 고민도 사라졌다. 그냥 친구와 시답잖은 이야기를 나누는 박정오만 남아 있었다. 혹시 누군가 우리들의 얘기를 엿듣는다면 참으로 한심하게 보지 않을까 싶었다. 남자 두 명이 칙칙하게 앉아 칙칙한 안주를 먹으며 여자 이야기만 주구장창 하고 있으니 말이다. 아무렴 어떤가, 지금 이 순간만큼은 그 누구도 신경 쓰고 싶지 않았다. 내가 하는 일도 고상했고, 내가 만나는 사람들도 모두 고상했다. 나도 이런 특별한 기회가 아니면 항상 고상할 수밖에 없다. 그런 직업이고, 그런 일이었다. 그래야만 했다. 그러니 지금 이 순간을 좀 더 즐겁게 보내야지. 항상 고상할 필요는 없잖아?

어느새 술을 제법 먹은 C가 나에게 다그치듯 말한다. 맨날 책만 읽지 말고 너도 좀 놀아보라고. 그러다 20대 다 끝나면 어떡할 거냐고. 나는 대답한다. 나도 너처럼 쾌락적인 인간이면 좋겠다만, 천성이 그러지 못 해 억지로 노력하는 게 더 힘들 것 같다고 했다. 다시금 C가 말한다. 책 읽고 글 쓰는 것만 노력하지 말고 자기처럼 클럽도 자주 다니고 소개팅도 자주 받으면서 이성을 만나기 위해 노력 좀 해보라고. 뭐, 인정. 너는 엄청난 노력파 맞지. 거기에 비하면 성과가 좀 아쉬운데… 머리가 조금만 더 작았으면, 얼굴이 조금만 더 잘생겼으면 성과도 있었을 텐데. 내가 아쉽다. C의 반박이 이어진다. 마, 도랐나. 내 몸 좋다. 운동 졸라 열심히 하거든. 가슴 만져봐라. 딴딴하다! 돌이다, 돌! C가 가슴에 잔뜩 힘을 주더니 내 앞으로 불쑥 내민다. 내가 니 가슴을 왜 만지냐… 더럽다, 치아라. 놀라울 만큼 쓸데없는 이야기를 나누며 잔을 기울였다. 술이 얼큰하게 올라온다. 야, 네가 정말 후회 없이 실컷 놀고 나면, 나중에 너 인터뷰해서 글이나 써 볼게. 주제는 남자의 욕망? 내가 고상함 속에 너무 빠져 있을 때 한 번씩 너 만나면서 환기도 하고, 글도 쓰고, 책도 내고, 그걸로 돈 벌면 또 이렇게 술 마시고, 얼마나 좋냐. 그러니 너는 앞으로도 재밌게 놀렴. 나는 옆에서 열심히 관찰할게, 온갖 이상한 말을 지껄였다. 아, 술을 너무 많이 먹었구나. 어쨌든 짠!

젊은 날의 초상

"그러니 나도 남들처럼 주식에 관심 가지게 되더라고.
조금씩 투자해서 잘 굴리면, 돈을 제법 벌 수 있으니까.
실은 나도 얼마 전부터 시작했어."

회사 업무로 서울에 출장을 왔다. 겨우 2~3시간의 미팅만 끝내고 곧장 내려가긴 아쉬워, 하루 연차를 내고 주말까지 2박 3일 동안 머물기로 했다. 낮에는 서울에 있는 서점, 북카페 등 평소 가보고 싶었던 곳을 돌아다니기로 했고, 저녁에는 한동안 보지 못했던 지인과 만나 간만에 술 한잔하면서 회포를 풀기로 했다.

A는 대외활동을 하며 만난 동갑내기 친구였다. 꽤 독특한 캐릭터였다. 다양한 대외활동 경험, 공모전 수상 경력을 가지고 있었다. 글을 무척 잘 썼고, 철학에 관심이 많았으며 정치, 사회 문제에도 뚜렷한 주관을 가지고 있었다. 또한 디자인에도 일가견이 있었다. 말도 유창하게 잘했고, 유머와 진지함을 골고루 갖추고 있었다. 게다가 술을 무척 좋아했다. 이

부분이 나와 자연스레 연결되었다. 둘이 술을 마실 때면 요즘 젊은이 같지 않게 정치 얘기, 사회 얘기를 열띠게 하곤 했다.

　　대학 졸업 후 A는 취업 준비 과정을 거쳐 서울에 있는 한 공기업에 들어갔다. A는 부산에서의 생활을 정리하고 서울에 자리를 잡았다. 술 먹고 싶은 날이면 연락을 하곤 했던 친구가 갑자기 떠나버리니 무척 아쉬웠다. 하지만 늘 그렇듯 나는 A를 대신할 만한 새로운 술친구를 하나둘 만들어나갔다.

　　서울에 며칠 있기로 결정하고 누구한테 연락해볼까 고민했다. 문득 A가 떠올랐다. 그토록 친하게 지냈는데 한동안 소식도 모르고 지냈다. 서로에 대한 무심함은 피차일반이었고, 남자 사이에선 그리 이상한 일도 아니었다. A에게 연락을 했다. 약속을 잡고 서울 어딘가에서 재회했다. 거의 1년 만인가. 그토록 자주 만나던 사이였는데 사는 지역이 달라지고 둘 다 직장인이 되니 이렇게 한 번씩 얼굴을 보는 것조차 쉽지 않은 일이었다. 우리도 이제 나이를 먹어가고 있다는 걸까 싶었다.

　　근처 감자탕집에 들어가 간만에 소주잔을 기울였다. 야, 어떻게 지냈냐. 직장 생활은 어떠냐. 서울의 그 쟁쟁한 경쟁자들을 뚫고 모두가 부러워하는 공기업에 들어간 것도, 자

신이 예전부터 관심 가지고 좋아하던 일을 회사에서 하는 것
도 모두 대단하게 느껴졌다. 60살까지 정년이 보장되어 있으
니 별다른 걱정도 없을 거 같다. 야근도 거의 없겠지? 거기다
서울에는 문화인프라도 잘 되어 있고 놀고 즐길 거리도 많으
니 삶의 만족도가 무척 높을 거라 예상했다. 하지만 이런 나의
예상과는 달리 A는 의외의 대답을 했다.

> - 나도 처음엔 신나서 막 열정적으로 했거든. 회사에
> 서 발표 PPT 만들어오라고 했는데, 일러스트까지 활
> 용하면서 열심히 만들었어. 누가 시키지도 않았는데
> 퇴근하고 남아서 일하기도 했고. 근데 일을 하면 할수
> 록 열심히 할 필요가 없다는 생각이 들더라고. 시키는
> 대로, 시키는 만큼만 하면 별문제 없는데 말야. 그래
> 서 이젠 딱 그 정도만 하게 되더라.

내가 아는 A는 열정이 넘치고 무언가에 도전하는 걸
좋아하는 사람이었다. 하나를 하더라도 완벽하게 하는 편이었
다. 회사에 가더라도 이런 기질이 바뀌지 않을 거라 확신했다.
하지만 A가 들어간 회사는 커다란 규모의 공기업이었고, 예상
보다 훨씬 경직된 조직이었다. 시키는 것만 적당히 해도 별문

제가 없었다. 오히려 열정적으로 무언가를 하는 게 문제라면 문제였다. 정년이 확실히 보장되어 있었다. 거칠게 표현하자면, 나라가 망하지 않는 한 잘릴 걱정은 안 해도 되었다. 남에게 피해 안 줄 만큼 적당히 하는 게 최고의 미덕이었다. 그리고 이러한 회사 분위기는 A를 점점 잠식해 들어갔다.

  - 먹고살 만큼은 벌고 있지만, 월급만 차곡차곡 모아서 집을 산다거나 하는 건 꿈도 못 꿔. 특히 이곳 서울에선 더 그렇고. 그러니 나도 남들처럼 주식에 관심 가지게 되더라고. 조금씩 투자해서 잘 굴리면, 돈을 제법 벌 수 있으니까. 실은 나도 얼마 전부터 시작했어.

  공기업이라 해서 회사 생활이 마냥 편하고 쉬운 건 아니다. 직장 생활을 꾸준히 하는 것도, 누군가와 만나 결혼하고 미래를 그려나가는 것도 모두 만만치 않은 일이다. 그럼에도 전체적인 방향이나 그림은 어느 정도 정해져 있었다. 쫄딱 망할 일은 없겠지만 별다른 반등의 여지도 없는 셈이다. 그나마 주식이나 부동산에 투자하면서 돈을 조금씩 불리는 건 현명한 판단에 가까웠다. 하지만 내가 이제까지 알고 지내던 A와는 그리 어울리지 않는다고 생각했다.

A는 주식에 관심을 가지기보단 금융자본의 과도한 투기로 인한 부작용을 지적하는 모습이 더 어울렸다. 현재에 안주하기보단 끊임없이 새로운 무언가에 도전하고, 사회 시스템에 적응하기보단 자신이 옳다고 생각하는 방향으로 시스템을 바꾸기 위해 투쟁하는 모습이 더 어울렸다. 아니, 정확히 말해 내가 기대했던 A의 모습이었다. 나는 그렇게 살지 못하지만, 나보다 더 유능하고 깨어있는 A는 그런 모습이었으면 했다. 하지만 그러지 않았다. 아니, 그러지 못했다.

나이를 먹으며 현실에 적응하는 건 당연한 과정이었다. 나 역시 마찬가지였다. 취업 따위 죽어도 하지 않겠다며 떼를 쓰곤 했다. 취업 준비를 하는 사람을 싸잡아 '보편적 매춘 행위'라 비판했다. 취업하는 그 순간 꿈을 저버리고 현실과 타협하는 거라 굳게 믿었다. 그랬던, 지난날의 내 모습이 떠올랐다. 그랬던 내가, 직장생활을 꾸준히 하고 있었다. 월급의 일부를 꼬박꼬박 저금하며 미래를 대비하고 있었다. 돈이 안 되는 일에는 관심이 점점 사라졌다. 일이 주어지면 일단 돈이 되는지 확인하곤 했다. 나는 결국 실패했지만, 그래도 너만은 조금 다를 거라 기대했는데. 그래. 너는 달랐어야만 했다. A와 술잔을 기울였다.

아니다. 도대체 무슨 소리를 하는 거냐. 대체 뭐가 문제란 말인가. 너는 남들이 그토록 꿈꾸는 기업에 들어와 멋지게 일을 하고 있었다. 너는 부산에서 학교를 졸업했는데도 서울에 있는 회사에 당당히 입사해 잘 다니고 있었다. 문제 될 건 전혀 없었다. 네가 주식과 부동산에 관심 가지는 건 잘못된 게 아니었다. 불법도 아니었다. 네가 안정된 미래를 꿈꾸는 모습을 함부로 비판할 수 없었다. 오히려 삐딱하게 세상을 바라보며 환상에 사로잡혀 있는 내가 문제였다. 나 역시 먹고사는 문제에 급급하면서 왜 나의 이상을 너에게 투영하고 있는가. 나도 냉혹한 현실 앞에 무기력하긴 매한가지 아닌가. 내가 만약 너의 입장이었다면 더 나은 선택을 했을 거라 생각하는 걸까. 나라고 뭐 크게 다르겠는가? 이러쿵저러쿵 팔짱을 낀 채 너의 모습을 평가내릴 처지가 아니었다. 아니, 그럴 자격도 없었다. 나 따위가 뭐라고.

그럼에도 쓸쓸한 감정은 감출 수가 없었다. 뭐 하나 내세울 것도, 가진 것도 없었던 대학 시절, 허구한 날 포장마차에서 술잔을 기울이며 함께 나눴던 얘기들이 귓가에 맴돌았다. 사회 시스템을 강력하게 비판하며 당장이라도 세상을 바꿀 것처럼 열띠게 토론하던 그 모습이 문득 떠올랐다. 그토록 패기 넘치던 우리들의 모습은 대체 어디로 가버린 걸까.

술잔을 기울였다. 목 넘김이 유난히도 거칠었다. 이

쓸쓸하고 서글픈, 안타깝고 또 애잔한, 복잡하고 이상한 감정들도 술과 함께 떠나보냈으면 싶었다. 하지만 술기운이 올라올수록 이 미묘한 감정은 더욱 선명해졌다. 우리가 품었던 이상은 이렇게 현실의 무게에 짓눌려 점점 무너지고 있었다. 우리는 과거 그토록 비판해오던 것과 너무도 쉽게 타협하고 말았다. 다만 삶을 영위하기 위해 이토록 발버둥 치고 있었다. 당연한 걸까. 이렇게 과거의 세계가 처절하게 깨지는 그 순간, 우리는 조금씩 어른이 되는 걸까.

> **"뚜렷한 신념도 진지한 노력도 없으면서 무슨 구도자인 체하고, 근거 없는 나르시시즘에 취해 열심히 천재의 흉내를 내는 속물이며, 그런 약점을 감추기 위해서 곧잘 공격적으로 나오는 비겁자 - 이것이 당신들의 진정한 모습이오."**

세상을 바꾸겠다며 큰소리치던 젊은이 두 명은 사라지고 말았다. 그 자리에는 하루하루 먹고사는 데 급급한 직장인 두 명만이 남아 있었다. 우리는 각자 신세 한탄이나 하며 술잔을 기울이고 있었다. 그뿐이었다. 젊은 날의 초상이었다.

*글귀 인용 - 『젊은 날의 초상』 이문열

경성대·부경대역과 대연역 사이

"20대 후반, 참으로 애매한 나이다. 둘 다 열심히 할 수 있으면 가장 좋겠지만, 그게 참 어렵다. 세상에 뭐 하나 쉬운 게 있겠냐마는."

제대 후 복학과 함께 학교 근처에서 자취를 시작했다. 2년간 학교에 다니다 휴학을 결정했다. 그 이후로는 학교 앞에서 자취할 이유가 없어졌지만, 대학가의 분위기가 좋아 계속 머물러 있다. 대학 졸업 후에도, 그리고 취업 후 지금까지도.

대학생일 땐 주로 술집을 많이 다녔다. 그러다 친구들이 하나둘 취업하면서 대학가를 떠난 이후론 술집보단 카페에 자주 들렀다. 시간만 나면 책 한 권과 노트북을 챙겨 카페에서 시간을 보내곤 했다. 졸업 후 잠시 문화기획 일을 할 땐 밤낮 가리지 않고 갔었고, 취업 후엔 주로 퇴근 시간에 들르고 있다. 주말에 별다른 약속이 없으면 점심 먹고 나와서 하루 종일 죽치고 앉아 시간을 보내는 편이다.

단골 카페가 있긴 하지만, 한 곳만 들르는 건 지겨워 집 근처 여기저기 돌아다니고 있다. 마일리지를 쌓는 입장에선 그다지 효율적이지 않은 행동이지만, 주기적으로 분위기를 바꾸니 책도 더 잘 읽히고, 글도 더 잘 써졌다. 자주 가는 곳은 경성대·부경대역 근처에 두 개, 대연역 근처에 두 개 정도다.

대학가 카페를 찾는 손님 대부분은 역시나 대학생이다. 카페에 혼자 오는 경우는 잘 없고 머무는 시간이 보통 짧다. 얘기할 게 그리도 많은지, 시끌벅적한 분위기다. 나 역시 혼자 오지 않았다면 시끄럽게 떠들지 않았을까 싶다. 활력이 넘친다. 때로는 과하다 싶을 정도로 에너지가 넘쳐 도저히 글을 쓰지 못할 때도 있다. 간혹 의도치 않게 옆 테이블의 이야기를 들을 때도 있다. 취업 이야기 아니면 사랑 이야기다.

반면 주택과 아파트가 많은 대연역 카페는 비교적 조용한 편이다. 넓은 면적에 비해 사람도 적다. 나처럼 혼자 와서 죽치고 있는 사람도 제법 보인다. 주말 오후가 되면 가족 단위 손님이 종종 보인다. 갓난아기부터 시작해 초등학생 정도의 애까지. 할머니·할아버지와 함께 올 때도 있다. 가끔 아기들이 울거나 보채는 소리가 들린다. 2~3살쯤 돼 보이는 아기 한 명이 카페를 아장아장 걸어 다니다 호기심 가득한 얼굴로 멍하니 나를 바라본다. 아가야, 삼촌 이상한 사람 아니란다. 부모님께 가서 책 좀 사달라고 하렴. 요즘 책이 워낙 안 팔려서 삼촌이 먹고살기 너무 힘들단다. 이왕이면 삼촌이 다니는 출판사 책이면 더 좋고!

　　반면, 대학가에 있는 카페에 갈 때면 대학생들의 넘치는 에너지와 기운을 받는다. 나도 얼마 전까지 저랬다는 아쉬움이 남는다. 그래도 아직 20대라 해보고 싶은 것도 많다. 그들 틈에 있다 보면 젊음의 열기를 받아 나도 새로운 도전을 하고 싶어진다. 반면 주거지역이 많은 카페에 가서 가족 단위의 손님들 틈에 있다 보면, 그들이 주는 안정감이 마냥 부러워진다. 나도 언젠가 누군가와 만나 자식을 낳고 가족을 이루게 될까, 나의 부모님이 그랬던 것처럼. 이제까지 내 분야에서 성공하고 싶은 마음뿐이었는데, 요즘은 그에 못지않게 가정을 이루고 그 속에서 역할을 잘 해내는 것도 중요하다는 생각이 들었다. 어쨌든 일이나 꿈만으로 삶을 채울 순 없으니까.

　　불과 지하철 한 정거장 차이지만 완전히 다른 세계처럼 느껴진다. 대학생이 주는 그 뜨거운 열기와 가족이 주는 안정감. 내가 사는 집도 그 사이에 있어 어느 한쪽이 더 가깝다고 말하기 어렵다. 지금 내 상황도 이와 비슷하지 않을까. 꿈을 향해 열심히 달려 나가고 싶다가도, 누군가와 만나 가정을 이루며 안정감을 느끼고 싶기도 하다. 20대 후반, 참으로 애매한 나이다. 둘 다 열심히 할 수 있으면 가장 좋겠지만 그게 참 어렵다. 세상에 뭐 하나 쉬운 게 있겠냐마는. 경성대·부경대역과 대연역 사이. 아마 한동안은, 여기 계속 머무르지 않을까.

애송이였다

"너 때문에 떨어졌다고 생각할 필요 없어.
그건 공모사업에 붙었다면, 오로지 네 힘만으로 붙었다고 생각하는 거랑
같아. 어쩌 보면 더 위험한 생각이지."

어설프게 얻은 건 금세 내 손에서 빠져나갔다. 마치 실패 없이는 그 무엇도 얻을 생각 하지 말라는 듯, 세상일은 의외로 정직하게 흘러갔다. 항상 실패한 만큼만 무언가를 손에 움커쥐곤 했다.

회사에 들어오고 프로젝트 하나를 맡았다. 부산의 한 전통시장과 관련해 소식지와 백서를 만들고 사진전을 진행하는 일이었다. 일정이 촉박했고 활용할 만한 소스가 부족한 상황이었다. 다행히 행사 취재, 인터뷰, 독립 출판물 제작 경험이 조금 있었다. 전공 공부 대신 내 대학생활을 채운 활동이었다.
입사 후 약 두 달간 사업 PM(Project Manager)을 맡아 주어진 일을 하나씩 척척 해냈다. 사업은 별문제 없이 잘 마무

리되었다. 사업이 끝난 후 진행한 회의, 대표님이 이번 사업에 대해 언급했다. 회사 경험이 없어 걱정이 많았는데, 경력직처럼 깔끔하게 잘 해내서 고맙다고 했다. 신입을 한껏 들뜨게 하기엔 부족함이 없는 칭찬이었다.

누군가에게 인정을 받는다는 건 기분 좋은 일이다. 내가 좋아하는 일을 마음껏 할 수 있는 회사에서 인정받는 건 환상에 가까운 일이다. 혹시 일이 맞지 않으면 어떡하나, 대표님이 원하는 모습을 보여주지 못하면 어떡하나, 첫 사회생활을 시작하며 나 역시 걱정이 많았다. 그러다 처음 맡은 일을 멋지게 마무리하며 이러한 우려가 말끔히 사라졌다. 자신감이 생겼다. 대학 시절 내내 취업 준비 한 번 안 했지만, 그렇다고 떵까떵까 놀진 않았다. 내가 그동안 어떤 걸 해왔는지, 무엇을 하며 20대의 절반을 보냈는지 당당히 보여줄 수 있어 좋았다. 혹여나 전공으로 취업했다면 모조리 불필요한 능력이 될 수도 있었다는 생각에 더욱 뿌듯했다. 그렇게 한껏 들떠 있을 때, 마침 회사에서 준비해볼 만한 공모사업 공고가 올라왔다. 대표님께 사업 내용을 보여드렸다. 대표님! 제가 초안 한 번 잡아보겠습니다! 당당하게 외쳤다.

공지 글을 몇 번이나 확인했다. 그럴 리가 없다. 선정

될 거라 믿어 의심치 않았다. 잔뜩 공을 들이며 기획서 초안을 잡았다. 발표 준비도 열심히 했다. 면접 심사도 나쁘지 않았다. 준비한 얘기를 막힘없이 얘기했다. 말을 더듬지도 않았다. 오히려 심사위원들의 질문에 기다렸다는 듯 유창하게 대답했다. 이렇게 많이 물어보는 걸 보니 분명 관심 있게 지켜봐서 그런 거라고, 승산이 있다고 확신하고 있었다. 결과는 탈락이었다. 내가 자신감이라 생각했던 감정이, 실은 근거 없는 자만이었다니.

공모사업에서 떨어지는 건 그리 이상한 일이 아니었다. 경쟁률을 보면 떨어지는 경우가 많은 게 당연했다. 우리가 준비한 아이템이 공모사업의 취지나 목적에 부합하지 못했기 때문일 수도 있었다. 하지만 내가 처음부터 끝까지 맡아 진행한 첫 프로젝트였기에, 떨어졌다는 사실이 담담하게 다가오지 않았다. 나 때문에 떨어진 것만 같았다. 선정되었다면 내가 PM을 맡아 사업을 멋지게 해내고 싶었는데, 그 기회가 완전히 사라진 셈이다.

공모사업에 떨어졌다고 대표님께 진작 말씀드렸지만, 마음이 계속 불편했다. 며칠이나 풀이 죽어있었다. 대체 왜 떨어진 걸까, 기획이 그렇게나 형편없었나, 다른 사람이 발표했다면 붙었을까, 온갖 생각이 머릿속을 둥둥 떠다녔다. 조금만 냉정하게 생각해도 우울해하고 있을 이유가 없었다. 나는 출판사 편집자로 들어왔지, 문화기획자로 들어온 게 아니었다. 공모사업을 따서 각종 행사 및 프로그램을 진행해서 성과를 내는 건 결코 주 업무가 될 수 없었다. 사실 그 시간에 책을 기획해야 했다. 그렇다면 나는 대체 왜 이러고 있는가.

　　- 너 때문에 떨어졌다고 생각할 필요 없어. 그건 공모사업에 붙었다면, 오로지 네 힘만으로 붙었다고 생각하는 거랑 같아. 어찌 보면 더 위험한 생각이지.

　　맥주잔을 기울였다. 티 내지 않으려 했는데 역시나 감정이 얼굴에 고스란히 드러났나 보다. 대표님의 예상치 못한 한 마디에 당황했다. 복잡하게 얽혀 있는 내 속마음을 들킨 것 같아 얼굴이 화끈거렸다. 반박은커녕 제대로 된 대답도 못했다. 당장 자리에서 일어나고 싶었지만 그게 더 이상한 상황이었다. 무슨 비리를 저지르다가 들키기라도 한 것이냐, 마음을 차분히 가라앉혔다. 이내 대표님께 속마음을 솔직하게 털어놓았다. 사실 공모사업에 떨어진 거 때문에 힘이 없었다고. 고민이 많았다고.
　　그제야 마음 깊숙이 타오르고 있던 욕망과 마주할 수

있었다. 이제 막 수습 기간이 끝난 신입이었지만 내 능력을 한 껏 보여주고 싶었던 것이다. 기획서 작성부터 발표까지 스스로 척척 해내는 것. 공모사업을 보란 듯이 따내는 것. 회사에 보탬이 되며 내 능력을 인정받는 것. 사회 초년생의 서투른 열정이 조금씩 모습을 드러내고 있었다.

그렇다, 박정오라는 사람이 이 회사에 들어오면 엄청난 변화가 생긴다는 걸 보여주고 싶었다. 공모사업에 붙으면 오로지 나의 능력으로 붙었다며 거들먹거리고 싶었다. 회사에 나라는 존재가 꼭 필요하다는 걸 증명하고 싶었다. 결과적으로 공모사업에 떨어지면서 이런 나의 마음이 고스란히 드러난 셈이다.

하고 싶은 일로 밥벌이를 하게 되었다며 한껏 들떴던 사회 초년생. 뼈아픈 실패를 하고 나서야 간신히 하나를 배우는 애송이. 딱 내 모습이었다. 스스로가 우스꽝스럽게 느껴졌다. 그렇다. 난 사회 초년생이었다. 애송이였다. 이걸 인정하면 되는 일이다.

이번엔 또 어디로 도망쳐야 한단 말인가

"즐거워서 선택한 회사 일이 전혀 즐겁지 않았다. 전공으로 취업하는 게 싫어서 지금의 회사로 도망쳐 왔다. 이번엔 또 어디로 도망쳐야 한단 말인가."

이력서를 쓰고 내가 갈만한 회사를 알아보던 시기, 남들과 다른 특별한 이야기를 가졌다는 자신감은 금세 바닥나고 말았다. 내가 경험도 많고 나름 다재다능하다 확신했는데, 취업시장 앞에서는 너무도 무능력했다. 그동안 좋아서 배우고 즐겼던 것들이 증오의 대상이 되고 마는, 끔찍한 경험을 해야만 했다.

우연한 기회로 출판사에 들어왔다. 이제까지 내가 해왔던 것들을 한껏 살릴 수 있는 기회가 펼쳐졌다. 많은 것이 바뀌었다. 내가 가장 좋아하는 취미생활이 밥벌이가 되는 기적을 경험했다. 또한 대학 졸업 당시 내가 꿈꾸던 문화기획자는 되지 못했지만, 여전히 기획에 관심이 많았다. 똑같은 걸 보고 듣더라도 그냥 넘어가지 않았다. 이걸 어떻게 하면 기획 단계로 끄집어 올려서 행사나 프로그램 혹은 사업으로 연결 수 있을까 끊임없이 머리를 굴리곤 했다. 세상 모든 것에 감탄하며 일상에서 겪는 일마저 자세히 들여다보게 되었다. 번뜩이는 아이디어가 쉴 틈 없이 내 머릿속을 헤집고 다녔다. 이러한 문화기획자의 자세는 내 업무에 커다란 보탬이 되었다.

연결점을 도저히 찾을 수 없었던 수많은 경험이 하나둘씩 연결되며 시너지 효과를 만들어내고 있었다. 그 점들을 하나하나 찾는 기분은 짜릿했다. 내가 해왔던 것들을 100%, 200% 활용하면서 나의 역량을 마음껏 펼칠 수 있었다. 'connecting the dots', 내가 대학생활 동안 찍어놓았던 무수히 많은 점이 연결되고 있었다. 이제 겨우 시작이라는 사실에 절로 가슴이 설렜다.

주말 아침은 조금도 상쾌하지 않았다. 오히려 숨이 턱 막히는 느낌이었다. 출근 준비를 하려는데 몸이 좀처럼 말을 듣지 않았다. 이번 주는 정말 살인적인 스케줄이었다. 야근이 계속 이어졌다. 대부분 행사를 준비하고 진행하는 업무였다. 밤 11시가 되어서야 뒤늦게 공간을 정리하고 집으로 향하곤 했다. 퇴근 후 업무이기에 적당한 날 대체 휴무가 가능했지만, 회사 업무가 감당을 못할 정도로 빠듯한 상황이었다. 대체 휴무가 우후죽순처럼 생겼지만 쓸 엄두를 내지 못하고 있었다.

　　간신히 몸을 일으켰다. 이번 행사는 지역 출판사와 지역의 문화공간, 지역 저자와 지역 예술가, 지역의 독서모임이 함께 하는 북토크였다. 취지가 좋았고 의미도 있는 행사였다. 그만큼 잘 준비하고 마무리해야만 했다. 샤워를 하고 나갈 준비를 했다. 현관문을 나서려는데 절로 한숨이 나왔다. 평일도 모자라 주말까지 일해야 한다는 사실이 못마땅했다. 겉보기엔 의미 있는 행사였지만 정작 행사를 기획한 당사자는 조금의 흥미도 느끼지 못하며 의무감에 어쩔 수 없이 준비하고 있었다. 그렇다면 누구를 위한 행사인가, 좋은 행사라 말할 수 있을까, 의문이 들었다.

　　행사 시작 두 시간 전에 사무실에 도착했다. 사무실엔 나 혼자였다. 스스로가 처량하게 느껴졌다. 이렇게 평일 주말 안 가리고 일한다고 누가 알아주는 것도 아니었다. 그렇다고 편집자로서 경력이 쌓이는 일도 아니었다. 어차피 내가 할 수 있는 정도의 기획을 할 수 있을 만큼 진행하고 있었다. 이렇게 기계처럼 일을 쳐낸다고 기획력이 는다는 보장도 없었다. 오히려 나라는 존재가 끊임없이 소비될 뿐이었다. 이제 바닥을 보이고 있었다. 이런 생각을 하면서도 홀로 꾸역꾸역 행사를 준비하고 있었다.

　　많은 것이 엉켰다. 행사준비는 고작 두 시간으론 어림

도 없었다. 연사님이 도착했다. 인사를 드렸다. 오늘 공연을 진행할 예술가분이 도착했다. 공연 리허설을 진행했다. 갑자기 취객 한 명이 들어와 난동을 부렸다. 생각지도 못한 일에 시간을 뺏기며 계획은 더욱 틀어졌다. 분위기는 한층 더 어수선해졌다. 참가자들은 하나둘 입장해 자리에 앉기 시작했다. 사전 신청자에게 참가 안내 문자를 보내지도 못했다. 행사 시작이 코앞으로 다가와서야 뒤늦게 전화를 했지만 행사 날짜를 깜빡해서 불참한다는 답변이 대부분이었다. 현장 안내도 제대로 되지 않았다. 리허설도 엉망이었다. 참가자 인원 파악도 제대로 되지 않았다. 행사 시작 시각은 이미 지나있었다. 나도 무대에 잠깐 올라가서 행사에 대해 간략한 소개를 하기로 했었다. 준비한 게 전혀 없었다. 시간이 없었다는 건 핑계일까. 결국 이 모든 게 나의 게으름과 나태함 문제인 걸까. 좀처럼 정신을 차릴 수 없었다.

황금 같은 주말, 여기서 왜 이러고 있을까 의문이 들었다. 내가 좋아하는 일을 하고 있다고 생각했는데 크나큰 착각이었다. 재미있긴 개뿔, 지금 상황은 혼돈 그 자체였다. 대체 어떤 부분에서 흥미를 느끼고 즐겨야 한다는 건가. 몇 명이 붙어야 하는 일을 어쩔 수 없이 혼자 하다가 기어코 일이 이 지경이 되어버렸다. 그런데 이게 내 탓인가. 나는 이미 과부하가

걸린 상태였다. 없는 에너지를 간신히 끌어모아 꾸역꾸역 버티고 있었다. 그래도 안 되는 게 내 탓이라 할 수 있을까. 진정 나의 무능력 때문이라 말할 수 있을까. 당장 행사장을 박차고 집으로 돌아가고 싶었다. 될 대로 되라지, 어찌 되든 지금보다 나빠지진 않을 거라 확신했다.

이 일이 내게 맞긴 한 걸까, 원점으로 돌아가 스스로에게 질문을 던졌다. 즐거워서 선택한 회사 일이 전혀 즐겁지 않았다. 입사한 지 고작 1년 만에 이토록 소진될 줄이야. 전공으로 취업하는 게 싫어서 지금의 회사로 도망쳐 왔다. 이번엔 또 어디로 도망쳐야 한단 말인가.

연봉 8천만 원

"어디까지나 선택의 문제이긴 했다. 그런데 어째서 내가 대기업 다니는 친구의 고민과 푸념을 들어줘야 하는지. 아무리 봐도 뭔가 이상했다. 야, 나도 고민 많다고."

- 연봉 많으면 뭐 하냐. 답답해서 미치겠다.

나를 놀리는 건지, 아니면 진심인 건지. 하지만 B의 표정과 눈빛은 평소와 사뭇 다른 모습이었다. 장난기가 전혀 없었다. 먹고사는 일은 누구에게나 어려운 법이었지만, B는 유난히도 힘들어했다. 연봉이 많으면 힘들지 않을 거라 무의식적으로 생각하고 있었던 걸까. B와 소주잔을 기울였다. 조금 전까지는 달기만 하던 소주가 쓰게 느껴졌다.

대학 시절 내내 붙어 다니던 친구들은 대부분 대기업에 다니고 있었다. 그중 한 명은 대학 졸업과 동시에 대기업에 취업했다. 당시 나는 국제시장 안에 있는 한 카페에서 붕어빵을 굽고 있었다. 한 달에 50만 원으로 생활했다. 그해 여름, 다른 한 명도 대기업에 취업했다. 나는 같은 카페에서, 이번엔 팥빙수를 만들고 있었다. 여전히 한 달에 50만 원을 받으며 일하고 있었다. 나머지 친구들이 취업할 때도 나는 여전히 주말 알바를 하면서 생활을 근근이 유지하고 있었다. 물론 내가 선택한 일이었다. 그렇게 번 돈으로 평일엔 내가 하고 싶은 일을 하고 있었다. 그럼에도 왠지 모를 불안감과 초조함이 나를 덮쳤다.

우연한 기회로 지금의 회사에 들어왔다. 내가 대학에서 선택한 전공과는 사뭇 다른 직업이었다. 나 하나 먹고 살 수 있는 정도의 돈은 벌게 되었다. 하지만 친구들과의 격차는 거의 줄어들지 않았다. 연봉이 6천만 원, 8천만 원이라니. 나로서는 상상조차 할 수 없는 금액이었다. 한 달에 도대체 얼마를 받는 거야? 500만 원? 700만 원? 몇천만 원 정도는 금방 모을 수 있을 거라 확신했다. 옷도 비싼 거 입고, 밥도 비싼 걸 먹지 않을까. 사고 싶은 게 있으면 아무런 망설임 없이 살 거라 믿었다. 부모님께 용돈도 많이 드리겠지. 연봉이 높으면 과연 어떤 기분일까, 궁금했다.

특히 B의 연봉은 무려 8천만 원이라 했다. 우리 중에 제일 많았다. 20대 후반에 연봉이 8천만 원이라니, 진짜 대박이다. 술은 무조건 네가 사야지. 암, 그렇고말고. 그런데 뭐?

힘들다고?

　　B는 우리나라 최고의 대기업을 다니고 있었다. 한 공단에서 3교대로 일을 했다. 생활 리듬이 그리 규칙적이지 않았다. 남들 다 쉬는 주말이나 공휴일에 출근하는 경우가 많았다. 사는 곳이 도심에서 멀리 떨어져 있다 보니 퇴근 후 놀고 즐길 만한 문화 인프라가 부족한 편이었다. 가끔 놀고 싶을 땐 마음 맞는 지인들과 함께 서울에 간다고 했다. 돈을 다 같이 많이 벌다 보니 무리에 휩쓸려 자기도 모르게 펑펑 쓴다고 했다. 일은 힘들었고 대신 돈을 많이 벌었다. 그래서 소비를 통해 그 힘듦을 충족하려 했던 걸까. 그렇게 충족이 된다면 별문제 없겠지만, 내가 본 B의 모습은 그렇지 않았다.

　　- 돈 제일 많이 버는 놈이 제일 징징거리네. 와, 난 한 달이라도 너만큼 월급 받아보고 싶다.
　　- 많이 벌면 뭐 하나, 그만큼 나갈 데가 많은데.

　　나 역시 대학 시절에 비해 많은 돈을 벌고 있음에도 풍족하다는 생각이 든 적은 거의 없었다. 대학에 다닐 때 주말마다 서빙 알바를 하며 20~30만 원 정도를 벌었다. 그 돈으로 한 달을 살았다. 밥 먹고 술 먹고 책 사고 옷도 샀다. 가끔 연애도 했다. 돈을 조금씩 모아 부모님 생신 때 선물을 드리기도 했다. 당시에 비해 돈은 몇 배로 많이 벌고 있었지만, 부족하긴 마찬 가지였다. 애초에 돈이라는 놈은 늘 부족할 수밖에 없는 걸까.

내가 전공으로 취업해 B와 같은 생활을 한다고 가정해보았다. 딱 B만큼 연봉을 받는다면? 처음 몇 개월은 좋겠지만, 이내 새로운 수입에 적응하며 거기에 맞는 소비를 하지 않을까 싶었다. 대신 지금과 달리, 내가 하고 싶은 일보단 근무 시간 내내 회사에서 시키는 일만 하기 급급할 게 분명했다. 거기서 오는 온갖 스트레스와 고민이 생길 것이다. 지금은 하고 있지 않은, 새로운 고민들이.

- 연봉이 너무 높으니까 때려치우지도 못하겠고... 야, 이게 제일 무섭다.
- 그때까지 돈 많이 모아라. 그 돈으로 니 사업 하면 되지.
- 모아봤자 얼마 모으겠냐. 언제 잘릴지도 모르고.

대기업은 연봉이 무척 높다. 거기에 복지도 좋다. 대기업에 다닌다고 하면 우선 눈빛부터 달라진다. 자식으로든 친구로든 연인으로든 좋은 평판을 받는다. 다른 회사로 이직

하더라도 괜찮은 경력으로 인정받을 수 있다. 반면 오래 버티기 쉽지 않으며 높은 자리에 올라갈수록 경쟁과 압박이 심해진다. 그 자리까지 올라가지 않으면 무언가를 주도적으로 하기가 쉽지 않다. 시키는 일을 적당히 하는 게 최고의 미덕이다. 내가 이걸 왜 해야 하는가 의문을 품기 시작하면 일을 계속 하기 어려워진다. 즉 커다란 기계 안에 자리 잡을 순 있지만, 그 속의 자그마한 부품 역할을 하게 될 가능성이 높다.

반면 중소기업은 연봉이 비교적 적다. 복지도 그리 좋지 못하다. 안정적이지 못하다는 이유로 의도치 않게 주위의 걱정을 사기도 한다. 때론 월급이 밀릴 수도 있다. 대신 한 가지 일이 아닌 여러 가지 일을 동시에 배울 수 있으며 주체적으로 일을 할 수 있다. 그러다 보니 승진이 빠르다. 일을 잘 배우기만 하면 독립하는 데 많은 도움이 된다. 열악한 환경 속에서 일을 배우기에 정글과 같은 사회에서 생존하는 법을 몸으로 체득하게 된다. 즉 자그마한 기계이긴 하지만 부품이 아닌 기계 그 자체로 존재할 수 있다.

어디까지나 선택의 문제이긴 했다. 그런데 어째서 내가 대기업 다니는 친구의 고민과 푸념을 들어줘야 하는지. 아무리 봐도 뭔가 이상했다. 야, 나도 고민 많다고.

- 삼 만 원 나왔네. 만 오천 원씩 반띵.

- 일 년에 8천만 원 버는 놈이 이것도 못 사주냐. 니가 내라.

- 니는 그만 좀 얻어먹어라. 이제 월급도 받는 놈이.

하긴, 친구들이 돈 많이 번다는 이유로 자주 얻어먹긴 했다. 지갑을 뒤적거렸다. 딱 만 오천 원이 있었다. B에게 돈을 건넸다. 지갑이 텅텅 비었다. 월급날까지 얼마 남았지, 오늘 날짜를 확인했다. 분명 먹고 살 만큼은 벌고 있는 것 같은데, 왜 항상 돈이 부족한 걸까. B도 이런 기분일까. 문득, 연봉 8천만 원의 삶이 내가 바라보는 것만큼 마냥 화려하고 우아하지 않을 수 있겠다는 생각이 들었다. 돈을 많이 벌든 적게 벌든, 먹고 산다는 건 참 어려운 일이구나.

떵까떵까 기타 치는 편집자

"처음엔 그토록 어렵게 느껴지던 온갖 코드들이 익숙해지기 시작했다.
손의 익숙함을 넘어 귀의 익숙함으로 다가오고 있었다.
그렇게 나는 책과 글의 세계에서 벗어나 음악의 세계로 들어가고 있었다."

    연말에 일이 몰린다는 얘기는 여러 번 들었다. 어느 정도 각오는 하고 있었지만, 막상 일이 몰아치니 정신을 차릴 수 없었다. 하루, 일주일, 한 달이 금세 지나갔다. 아무것도 못한 거 같은데 퇴근 시간이 불쑥 다가오곤 했다. 늘 할 일이 산더미처럼 쌓여있었다. 절로 한숨이 나왔다.

    한창 바쁠 때 사무실을 옮겼다. 이사와 동시에 큼지막한 행사가 기다리고 있었다. 어지간하면 주어진 일을 묵묵히 해내고 싶었지만, 하루하루가 버거웠다. 회사 일만 생각하면 숨이 턱 막힐 정도였다. 가끔 속이 울렁거리기도 했다. 잘하고 못하고의 수준이 아닌, 할 수 있을지 없을지 걱정이 드는 수준이었다. 나름 치열한 대학생활을 보내며 바쁜 것에는 익숙해졌다고 믿었는데, 그게 허상이었다니. 내 생에 가장 바쁜 시기를 매일 갱신하고 있었다.

　다행히 새 보금자리는 마음에 들었다. 단순한 사무 공간을 넘어 카페 겸 복합문화공간이었다. 심지어 무대 장비도 있었다. 공간이 크진 않았지만 소박하게 행사를 진행하기 딱 좋아 보였다. 마침 기타 학원을 몇 개월째 다니고 있었다. 책과 글쓰기가 지겨워져 새로운 탈출구로 선택한 취미생활이었다. 무대 위에서 연주하며 노래를 부르는 모습을 잠깐 상상해 봤다. 에이, 기타 연주는 그렇다 치더라도 노래를 못하는데 어떻게 공연을 할까 싶었다. 무엇보다 회사 일만으로도 충분히 바빴다. 정말, 죽을 만큼.

　급한 것들이 정리되고 숨통이 트일 무렵, A 형이 불쑥 행사를 만들어보자는 제안을 했다. A 형은 알고 지낸 지 2~3년 된, 나보다 한 살 많은 형이었다. 글쟁이, 인터뷰어, 청년문화 활동까지 활동 영역이 꽤 겹쳤음에도 좀처럼 접점이 없었다. 그러다 새 보금자리로 옮기면서 A 형은 공간 매니저로 들어왔다. 나 역시 친해지고 싶은 마음이 컸기에 A 형의 제안에 호기심이 생겼다. 책과 글로 올 한 해를 마무리하자는 취지로 행사를 만들기로 했다. 그런데 예상치 못한 제안이 이어졌다. 행사 앞뒤로 공연을 하자고 했다. 행사 준비야 어렵지 않았지만 갑자기 공연이라니. 영 자신이 없어서 몇 번이나 거절했다.

그러다 A 형의 집요한 설득 끝에 결국 두 손 두 발을 다 들고 말았다. 어차피 아무도 안 오겠지, 까짓 꺼, 그냥 해보기로 했다.

　　　퇴근 후 별다른 약속이 없으면 A 형과 둘이 남아 공연을 준비했다. 준비 과정은 역시나 만만치 않았다. 혼자 유튜브를 보면서 연습을 하다 최근 몇 개월은 학원까지 다니긴 했지만, 공연은 처음이었다. 그냥 심심할 때 반주 연습을 하는 것과 노래에 맞춰서 반주를 연주하는 건 큰 차이가 있었다. 노래방에서 MR에 맞춰 노래를 부르는 것과 기타 반주에 맞춰 노래 부르는 건 그야말로 하늘과 땅 차이였다. 아무래도 이쪽에는 영 재능이 없는 것 같았다. 역시 나는 책 읽고 글 쓰는 일만 해야겠다 싶었다. 공연 준비는 좀처럼 진도가 나가지 않았다. 이제 겨우 회사 일에 여유가 생겨 한숨 돌렸는데, 공연 준비는 새로운 스트레스로 다가왔다. 아, 괜히 한다고 했나, 지금이라도 못하겠다고 할까, 절로 한숨이 나왔다.

　　　홍보 포스터가 나왔고 행사 날짜는 점점 가까워졌다. 남들 앞에서 공연한다는 사실이 창피해 개인 SNS에도 홍보를 하지 않았다. 아무도 안 왔으면 하는 마음이었다. 아니면 망신을 당해도 될 만큼 친하고 가까운 사람 몇 명만 왔으면 싶었다. 다행히 신청자는 2~3명밖에 없었다. 그나마 다행이었다. 기획자라는 사람이 행사에 사람이 많이 올까 봐 두려워하다니, 문화기획의 관점에서 보면 꽝인 행사였다.

행사 당일, 많아야 3명쯤 올 거라 생각했는데 무려 8명이나 참가해 깜짝 놀랐다. 아니나 다를까, 잔뜩 긴장한 상태로 행사 시작을 맞이했다. 공연을 시작하려는데 기타가 넘어졌다. 그 탓에 튜닝이 안 된 상태에서 연주를 시작했다. 목소리가 떨렸다. 음정이 불안했다. 가사가 고스란히 적힌 책자를 보면서도 가사를 틀렸다. 아주 난리가 아니었다. 공연은 망쳤지만, 다행히 본 행사는 별 탈 없이 잘 마무리되었다. 뒤풀이는 밤늦게까지 이어졌다.

겉으로 보면 그저 행사 하나를 기획하고 진행한 것에 불과하지만, 개인적으로 꽤 특별한 경험이었다. 내가 남들 앞에 서서 공연을 하다니, 정말 오래 살고 볼 일이었다. 생각보다 많은 사람이 와줬다. 거기다 늦은 시각까지 즐겁게 얘기를 나눴으니 완전히 망하진 않은 거 같아 다행이었다. 최근 행사를 만들고 진행하는 게 일이 되어버려 따분함을 느끼고 있었는데, 모처럼 순수한 마음으로 행사를 만들 수 있어 이번 행사가 무척 의미 있었던 시간으로 다가왔다.

한 번 큰 망신을 당하고 나니 남들 앞에서 기타를 연주

하고 노래하는 게 그리 어렵게 느껴지지 않았다. 실력과 상관없이 자신감이 붙은 걸까. 책 읽고 글 쓰는 시간은 부쩍 줄었지만, 딱 그만큼 기타를 연주하는 시간이 눈에 띄게 늘었다. C 코드, A 코드, E 코드... 마이너, 메이저, 세븐, 나인... 처음엔 그토록 어렵게 느껴지던 온갖 코드들이 익숙해지기 시작했다. 손의 익숙함을 넘어 귀의 익숙함으로 다가오고 있었다. 그렇게 나는 책과 글의 세계에서 벗어나 음악의 세계로 들어가고 있었다. 이미 너무나 익숙해져 버린 전자의 세계와 달리 후자의 세계는 모든 것이 낯설고 새로웠다.

　　좋아하는 일로 밥벌이를 한다고 한창 들떠있었는데, 숨이 턱 막힐 만큼 바쁜 시기를 보내고 나니 현실의 무게감이 느껴졌다. 그게 무엇이 되었든 먹고사는 문제는 쉽지 않다는 걸 새삼 깨닫게 되었다. 좋아하던 게 일이 되어버리니 오히려 삶이 고달파졌다. 꿈꾸던 이상이 현실이 되자 새로운 이상을 찾아다녔다. 우연히 찾은 취미 생활은 금세 내 삶을 사로잡았다. 그렇게 나는, 떵까떵까 기타 치는 편집자가 되었다. 다음 북토크 땐 내가 오프닝 공연을 해볼까? 아니, 그럼 또 일이 될 거 같다. 기타만은 지금처럼 시간 날 때 즐기는 정도에서 머물고 싶다. 아니, 그 전에 작가님 의견도 들어봐야겠지...

행님, 그러니까 저랑 약속 하나 해요

"내가 하고 싶은 일을 하는데 주위에서 응원도 해주고, 돈도 많이 벌고, 성과도 잘 내서 유명해지면 얼마나 좋겠어요. 그런데 세상살이가 그렇게 될까 싶네요."

　- 정오야, 뭐 하노. 집이가?

　밤 11시 50분. K 형에게 연락이 왔다. 자주 만나는 사이였지만 이렇게 늦은 시간에 불쑥 연락이 온 적은 없었다. 이 시간에 무슨 일인가 싶어 전화를 걸었다. 이내 휴대폰 너머 K 형의 목소리가 들려왔다.

　- 술 한잔하자.

　K 형답지 않은, 어둡고 우울한 목소리였다.
　K 형은 4년 전 여름, 대외활동을 하면서 처음 만났다. 고등학생을 대상으로 강연 멘토링을 하는 단체에서였다. 당시

나는 휴학 욕구로 가득 찬 대학교 3학년의 상태 안 좋은 공대
생이었다. 전공을 살려 취업하는 대신, 글 쓰고 강연하면서 먹
고살고 싶었다. 글이야 혼자 쓰면서 연습하면 되는 일이지만,
강연은 달랐다. 남들 앞에서 말하는 걸 무척 어려워했다. 그래
서 강연 멘토링 활동으로 말하는 기술을 익히고자 했다. 동아
리 활동을 하면서 나의 내성적인 성격이 고스란히 드러났다.
사람들과 관계를 맺는 데 무척 서툴렀다. 그렇다고 스스로 노
력하지도 않았다. 애초에 사람이 목적이 아니었으니 내겐 아
무런 문제가 없었다. 반면 K 형은 대학원 진학을 앞둔 상태였
다. 사람들과의 관계를 우선시했다. 항상 에너지가 넘쳤고 활
동적이었다. 각자 처한 상황이든 단체를 들어온 목적이든 아
니면 성격이든 여러모로 나와 잘 안 맞았다. 그래서 활동 기간
내내 자주 부딪히곤 했다.

　　　싸우면서 정이 들었던 걸까. 활동이 끝날 무렵 가장 친
해진 사람은 다름 아닌 K 형이었다. 천만다행으로 K 형과 나
사이에 공통점이 하나 있었다. 둘 다 술을 무지 좋아한다는 것.
K 형과 나 사이를 이어주는 유일한 끈이었다. 활동이 끝난 이
후 만남의 횟수가 오히려 더 늘었다. 허구한 날 둘이서 술을 마
셨다. 나와 K 형은 사회에 대한 불만이 참 많았다. 현실과 타
협하지 않으려 했다. 술자리 주제는 대부분 사회 비판 혹은 신

세 한탄이었다. 이러한 관계가 몇 년 동안 이어져 오고 있었다.

처음 만날 때 막 석사에 들어갔던 K 형은 어느새 박사 논문을 준비하고 있었다. 그땐 둘 다 20대 중반이었는데, 나는 어느새 20대의 끝자락에 있었고 K 형의 나이는 앞자리 숫자가 바뀌었다. 우리는 각자 처한 어려움 속에서 꿈을 지키기 위해 열심히 발버둥 치고 있었다. K 형과 나는 너무 이상적이었고, 그런 이유로 참 어렵고 힘든 시기를, 유난히도 더 어렵고 힘들 게 보내고 있었다.

- 요즘 여기저기서 취업 제안이 들어오더라고.

술잔을 몇 번 기울이던 K 형은 조심스레 이야기를 꺼 냈다. 대학원 생활에 대해선 이미 여러 번 들은 상태였다. 항 상 교수들 눈치를 봐야 하고, 뭔가 시키면 부당한 일이라도 마 땅히 해야만 한다고 했다. 교수들의 똥꼬를 최선을 다해 핥아 줘야, 그렇게 충성심을 보여야 살아남을 수 있는 세계라 했다. 교수들이 자신의 권위를 활용해 학위를 미끼 삼아 사람을 착 취한다고 했다. 정말 더럽고 치졸한 세계로 들렸다. 그럼에 도 K 형은 교수의 꿈을 이루기 위해 하루하루 버티고 있었다.

- 지금 들어오면 바로 연봉 3천, 4천 준다는 거야. 잘하면 박사 공부랑 병행할 수도 있고.

K 형은 더럽고 치졸한 세계 속에서도 꿈이 있기에 버틸 수 있다고 했다. 마음에 없는 말로 교수들 기분 좋게 해주고, 세상에서 가장 싫어하는 사람을 세상에서 가장 존경하는 척 연기하고, 때로는 자존심까지 버려가면서까지 꿈을 지키고자 했다. 하지만 경제적인 문제는 의지만으로 해결되지 않았다. 돈 문제는 끊임없이 K 형의 꿈을 시험에 들게 했다. 다행히 학비는 어떻게든 해결되었지만 밥벌이 문제는 만만치 않았다. 공부가 본업이기에 밥벌이에 많은 시간을 투자할 수 없었다. 최대한 적은 시간을 투자해 돈을 벌어야만 했다. 벌이가 많을 수 없는 환경이었다.

K 형은 대학에서 학부생 수업을 하나 맡아 진행하고 있었다. 학생들에게 교수님 소리를 들을 때마다 힘이 난다고 했다. 다만 돈이 얼마 되지 않았다. 주말에는 중·고등학생을 대상으로 방과 후 수업을 했다. 이마저도 수입이 얼마 되지 않았다. 그마저도 학기 중에만 일이 있었다. 방학이 되면 쫄딱 굶어야 했다. 나이는 계속 먹어가는 데 이뤄놓은 건 아무것도 없다는 허무함과 패배감이 주위를 늘 맴돌았다. 30대가 되니

주위 친구들과 격차가 눈에 띄게 벌어지기 시작했다. 그들은 비싼 차를 몰며 돈을 흥청망청 쓰고 다녔다. 경제적 수준이 자신과 맞지 않았다. 결국 몇 년 동안 해오던 게 모임마저 한 달에 몇만 원이 부담되어 최근 그만두었다고 했다. 이렇게 버티고 또 버티며 간신히 학위를 딴다 해도 지역에서 대학원을 나와 교수가 되는 건 하늘의 별 따기였다. 아무리 교수들에게 잘보여도, 공부를 열심히 하고 대학원 생활에 모든 걸 쏟아부어도 확실한 건 아무것도 없었다. 그렇다고 마땅한 대안이 있는 것도 아니었다.

- 예전에도 이런 기회가 몇 번 있긴 했는데, 그땐 거들 떠보지도 않았거든. 그런데 요즘은 흔들리더라. 교수가 될 거란 보장도 없는데, 내 밥벌이 하나도 제대로 못하면서 뭐 하는 건가 싶기도 하고.

유혹에 빠지지 않고 계속 공부한다면, 교수가 될 가능성이 조금은 높아질지도 모른다. 반면 지금 취업을 선택한다면, 밥벌이 문제는 당장 해결될지 몰라도 교수의 꿈에서 점점 멀어지지 않을까. 이제까지 열심히 버텨온 만큼, 조금만 더 힘을 내라고, 꿈과 멀어지지 말라고 말하고 싶었다. 하지만 차마 입이 떨어지지 않았다. 먹고사는 문제만큼은 그 누구도 함부로 말할 수 없었다. 대답 대신 K 형 앞에 놓인 빈 잔에 술을 채웠다.

- 왜 뭐라고 안 하는데?

K 형 역시 내 앞에 놓인 빈 잔에 술을 채웠다.

- 당연히 니가 뭐라 할 줄 알았다. 현실과 타협하지 말라면서.

K 형의 말에 나도 모르게 웃음이 나왔다. 누군가 봤다면 아마 쓸쓸함이 묻어있지 않았을까. 이제까지 K 형에게 비친 박정오의 모습은 충분히 그러고도 남았으리라. 허구한 날 함께 술을 마시며 했던 얘기이기도 했다. 나는 운이 좋았다. 다행히 하고 싶은 일을 마음껏 할 수 있는 직장에 들어왔다. 하지만 회사 생활을 한 지 1년이 지난 지금, 오히려 예전보다 조심스러워졌다. 대학 시절 그토록 꿈꾸던 이상이 현실로 펼쳐졌지만, 그리 행복하지만은 않았다. 먹고사는 문제는 너무도 무겁고 또 치열했다. 불행해지기 쉬운 쪽은 좋아하지 않는 일

을 하는 사람이 아니라, 좋아하는 일을 하면 무조건 행복할 줄 알고 환상에 사로잡힌 채 무리하게 뛰어드는 사람이었다. 마찬가지로 K 형이 현실과 타협하지 않고 꿈을 선택한다고 해도 행복할 거라는 보장은 없었다. 그런데도 버티라고, 꿈을 포기하지 말라고 함부로 말할 수 있겠는가.

　　아니, 그렇다고 현실과 타협하라는 말은 차마 할 수 없었다. K 형은 내가 가장 아끼는 형이자, 힘든 일이 있을 때면 가장 먼저 생각나는 형이었다. 삶의 위기마다, 삶의 갈림길 앞에 설 때마다 나의 고민을 이야기하곤 했다. 그러곤 힘을 얻었다. 넌 너무 이상적이라며 주위에서 손가락질당해도 K 형과 술 한잔하며 힘듦을 털어내곤 했다. K 형이 현실과 타협해버리면, 이대로 무너지면 나 역시도 얼마 지나지 않아 무너질 거라 확신했다. 함부로 말할 수 없는 문제였지만, 흔들리는 모습을 보면서도 그저 침묵만 지키는 비겁함을 선택하고 싶지 않았다. 행님, 짠 하죠. 잔을 기울였다.

　　행님, 저도 현실과 타협하고 싶지 않아서 정말 열심히 발버둥 쳤어요. 행님도 잘 아시죠? 죽어도 취업 따윈 안 하려 했는데, 회사에 다닌 지 벌써 1년이 되었어요. 근데 정말 쉽지 않네요. 하고 싶은 일을 해도 이렇게 힘든데, 하고 싶지 않은 일을 하면서 어떻게 버티는지 모르겠어요. 세상에 고상한 밥벌이 따윈 없나 봐요, 하하. 저도 사실 고민 많아요. 지금이야 만나는 사람도 없고 부모님도 모두 건강하시니까 이렇게 살고 있는데, 미래를 생각하면 막막해요. 가끔은 정말 불안해요. 내가 좋아서 시작한 일인데, 너무 힘들어서 이 일이 싫어지면 어떡하지. 전공 공부가 싫어서 도망친 곳이 지금 회사인데, 이 일이 싫어지면 이제 어디로 도망쳐야 하지. 뭐, 그래요.

내가 하고 싶은 일을 하는데 주위에서 응원도 해주고, 돈도 많이 벌고, 성과도 잘 내서 유명해지면 얼마나 좋겠어요. 그런데 세상살이가 그렇게 될까 싶네요. 그냥 살아가는 게 원래 이런가 봐요. 이제는 현실과 타협하고 안 하고의 문제가 아닌 거 같아요. 누구나 타협을 할 수밖에 없나 봐요. 결국 얼마나 타협할 거냐는, 정도의 문제 아닐까요. 저도 회사를 언제 그만둘지 아무도 모르는 일이고, 주위 상황이나 환경에 따라 가치관이나 신념도 의외로 쉽게 바뀔 수 있을 거 같아요. 끝내 현실과 타협하면서 꿈을 포기할지도 몰라요. 예전에는 이러한 행동을 그토록 비판했었는데, 이제 제가 그렇게 살려 하고 있네요. 하하.

행님이나 저나 정말 힘든 길을 걸어가고 있잖아요. 지

금까지의 힘듦이나 달콤한 유혹들은 이제 막 시작에 불과할걸요? 앞으로 흔들릴 일이 한참은 많이 남았다는 얘기죠, 하하. 행님, 그러니까 저랑 약속 하나 해요. 흔들릴 수도 있고 헷갈릴 수도 있지만, 지금 걸어가고 있는 이 길을 절대 포기하지 말기로요. 먹고사는 문제를 함부로 말할 수 없지만, 그래도요. 아니, 그러니까요. 그러니까 서로 의지하면서 끝까지 버텨 봐요. 그만두더라도 꿈을 이루고 나서 그만두기로 해요. 행님, 우리 서로에게 부끄러워지지 맙시다. 우리가 나눴던 얘기들 절대 잊지 말고, 우리가 생각하는 멋진 삶을 제대로 한 번 살아보는 거예요. 그러다 한 10년 뒤 다시 이 술집에 오는 거죠. 행님은 교수로, 저는 출판사 대표로 오는 거죠. 그땐 비싼 안주도 마음껏 시켜서 밤새도록 마셔 봐요. 그러면서 오늘을 회상하는 거죠. 야, 우리 그럴 때도 있었다, 키득거리면서 말이죠. 어때요, 괜찮지 않습니까. 아무튼 항상 응원합니다. 짠 합시다, 행님.

가족, 친구, 회사 - 세 개의 세계 속에서

"이토록 많은 역할 속에서 때론 헷갈리기도 한다. 가족끼리 있을 때,
친구들끼리 있을 때, 회사 사람들과 있을 때 나는 각각 다른 사람이 된다.
나는 어디에 있을 때 가장 나다울 수 있을까. 진짜 내 모습은 무엇일까."

목요일 저녁, 퇴근 후 곧장 창원으로 향하는 버스에 몸을 맡겼다. 금요일은 가족끼리 여름휴가였고, 토요일은 대학 친구들 모임, 또 일요일은 회사 관련 행사로 일정이 빼곡하게 차 있었다. 한동안 여유로운 주말을 보내다 간만에 빠듯한 일정을 맞이했다. 세 개의 일정 중 하나라도 어긋나지 않기 위해 열심히 신경 써야만 했다.

늦은 저녁, 본가에 도착했다. 간만에 다섯 식구가 모였다. 30년 직장 생활을 뒤로한 채 정년퇴직을 앞두고 계시는 아버지, 일이면 일, 운동이면 운동, 여전히 에너지가 넘치는 어머니, 울산에서 직장 생활 4년 차로 접어든 형, 이제 고등학교 진학을 앞둔 늦둥이 띠동갑 동생까지. 무려 다섯 명이나 되는,

요즘 시대에 보기 드문 대식구다. 다음 날 아침 일찍 통영으로 향했다. 루지를 타고, 맛있는 점심을 먹고, 여기저기 유명한 관광지에 들렀다. 다시 집으로 돌아와 근처 식당에서 배 터지도록 저녁을 먹었다. 간만에 아버지와 술 한잔했다. 이후 노래방에 가 신나게 놀았다.

가족끼리 모이면 온갖 얘기들이 오간다. 엄마아빠 친구들은 다들 며느리 사위 데리고 오고 손자 손녀도 보는데 너희는 대체 뭐 하나, 동생 고등학교 어디 갈지 같이 좀 알아봐라, 교육 과정 바뀐다는데 오빠들이 좀 챙겨줘라, 아버지 정년 얼마 안 남았는데 얼른 성공해라, 돈 많이 벌어라, 살 좀 빼라, 제발 이렇게 가족끼리 다니지 말고 여자친구 만들어서 각자 좀 놀러 다녀라, 잘 좀 챙겨 먹어라 등 온갖 걱정과 잔소리로 가득하다. 차 안에서든, 식당에서든, 집에서든, 늘 티격태격한다. 대답은 늘 같다. 알아서 할게요. 결론도 한결같다. 그래도 우리 가족 이 정도면 행복하다고. 이 말을 들을 때면 괜히 가슴이 뭉클해진다. 예전에는 취업 문제로 갈등이 많았었는데. 이 속에서 나는 그 무엇도 아닌, 그저 한 집안의 둘째 아들일 뿐이다.

다음날 오전, 밀양으로 향했다. 친구들은 먼저 도착해

장을 보고 있었다. 대학 시절 항상 붙어 다닌 이른바 '팸'이었다. 대학에 다닐 땐 일 년에 한두 번씩 1박 2일로 놀러 가곤 했는데, 다들 직장인이 되니 점점 모이기 힘들어졌다. 다섯 명이서 이렇게 놀러 온 것도 2년 만이었다. 나이에 맞지 않게 물총 다섯 개를 사 들고 밀양 얼음골 계곡에 가서 신나게 놀았다. 조금은, 아니 어쩌면 엄청 바보처럼 말이다. 저녁에 숙소로 돌아와 술과 안주를 끊임없이 먹었다. 20살 때 처음 만난 친구들이었지만, 그때와 조금도 달라지지 않았다.

20대 후반 남자 다섯 명 사이에서 고상하고 생산적인 애기가 오갈 리 없다. 술이 많이 들어가면 아나나 다를까, 옛날이야기로 빠진다. 그것도 죄다 전 여친 혹은 썸 탔던 이야기다. 대학 입학부터 졸업까지 항상 붙어 다녔기에 서로 비밀이 전혀 없었다. 꽤나 위험한 사이인 셈이다. 결론은 항상 서로에 대한 폭로전과 맹목적인 비난으로 이어진다. 네가 진짜 쓰레기다, 내가 제일 착하다, 너는 지옥도 못 간다, 너 결혼식 날 다 폭로할 거다 등 다들 또라이에, 병신에, 쓰레기들이다. 어쩌면 나를 포함해서 말이다. 이 속에서 나는 그 무엇도 아닌, 그저 20대 후반의 평범한 남자일 뿐이다.

다음날 오전, 부랴부랴 부산으로 향하는 KTX에 몸을

실었다. 오후에 우리 회사 저자의 북토크 행사가 있었다. 회사에서 기획한 행사도 아니었고 참석할 의무는 없었다. 하지만 내가 주최 측과 저자를 이어주는 역할을 하기도 했고, 편집자로서 얼굴을 비추는 게 예의라고 생각해 집에 들를 틈도 없이 곧장 행사장으로 향한 것이다. 빠듯한 일정에 무척 피곤했고 정신도 없었지만, 강연 내용이 재미있어 이내 집중해서 들었다. 행사가 끝나고 연사님 부부와 회사 대표님까지 네 명이서 근처 카페로 가 얘기를 나눴다. 이후 대표님과 간단하게 저녁을 먹은 후 헤어졌다.

회사 관련 사람들을 만나면 아무래도 업무 얘기를 할 수밖에 없다. 주말에 편하게 만나는 자리마저 회사와 관련된 이야기가 대부분이다. 나는 다시금 편집자가 된다. 출판문화를 걱정하고, 지역 출판사 편집자로서 어떤 사명감을 가지고 일을 해야 하는지, 새로운 문화를 만들기 위해 어떤 노력을 해야 하는지 등을 고민하며 지식인 흉내를 낸다. 이 속에서 나는 그저, 일에 대한 열정이 넘치는 20대 후반의 사회 초년생일 뿐이다.

사흘 동안 그야말로 강행군이었다. 부산에서 창원으로, 창원에서 통영으로, 밀양으로, 다시 부산으로. 끊임없이 누군가와 함께 있었다. 계속해서 대화를 하거나, 이동하거나, 놀거나, 무언가를 먹었다. 모두 소중한 사람이었지만, 함께 시간을 보낸다는 건 정말 많은 에너지가 필요한 일이었다. 더군다나 사흘 동안 만난 세 개의 집단은 완전히 다른 성격이었다. 가족, 친구, 그리고 회사까지. 지금의 나를 이루는 세 개의 커다란 축이었다. 훗날 누군가와 만나 가정을 이루기 전까지 좀처럼 바뀌지 않을 축이기도 했다.

이토록 많은 역할 속에서 때론 헷갈린다. 가족끼리 있을 때, 친구들끼리 있을 때, 회사 사람들과 있을 때 나는 각각 다른 사람이 된다. 나는 어디에 있을 때 가장 나다울 수 있을까. 진짜 내 모습은 무엇일까. 답은 이미 정해져 있을지도 모른다. 결국 균형의 문제다. 아들로서, 친구로서, 직장인으로서 주어진 역할에 최선을 다해야만 한다.

이러한 세 개의 세계 속에서 때론 섭섭한 일도 생기고, 다투기도 하고, 삐걱거리기도 하겠지만, 내 주위 사람들의 소중함을 잊지 않기로 했다. 이들과의 관계를 결코 당연하게 여기지 않으며 함께 있는 시간을 허투루 보내지 않기로 다짐했다. 너무 한쪽에만 빠져 다른 쪽에 소홀해지지 않도록 주의하면서 말이다. 균형 감각이란 양극단의 중간 점을 찾는 게 아니라, 그 사이를 끊임없이 오가는 영원한 이동 행위라고 누가 그랬던가. 신발 끈을 동여맨다.

여러분의 첫 사회생활은 어땠나요?

저도 편집자는 처음이라

© 2019, 박정오

지은이	박정오
초판 1쇄 발행	2019년 08월 10일
펴낸곳	호밀밭
펴낸이	장현정
편집	박정오
디자인	최효선
마케팅	최문섭
등록	2008년 11월 12일(제338-2008-6호)
주소	부산 수영구 광안해변로 294번길 24 지하1층 생각하는 바다
전화	070-7701-4675
팩스	0505-510-4675
이메일	homilbooks@naver.com

Published in Korea by Homilbat Publishing Co, Busan.
Registration No. 338-2008-6.
First press export edition August, 2019.

ISBN 979-11-967055-8-9   03810

※ 본 사업은 부산광역시, 부산문화재단의 2019 청년문화 육성지원 사업을 통해
   사업비를 지원받았습니다. 부산광역시 B.ㅁㅎㅈㄷ 부산문화재단

이 도서의 국립중앙도서관 출판예정도서목록(CIP)은 서지정보유통지원시스
템 홈페이지(http://seoji.nl.go.kr)와 국가자료공동목록시스템(http://www.
nl.go.kr/kolisnet)에서 이용하실 수 있습니다. (CIP제어번호: CIP2019029226)